SAS Intriges in Nepal

2984

Van dezelfde auteur

SAS Nachtmerrie in Colombia
SAS Jacht op Carlos
SAS Bloedbad in Marrakech
SAS De gijzelaar van de Gouden Driehoek
SAS De kannonen van Bagdad
SAS Het kartel van Sebastopol
SAS Trompetgeschal in Jericho
SAS Vaarwel Zaïre
SAS Dodelijk Jamaica
SAS Albanië: Mission Impossible
SAS Yahalom
SAS Op het spoor van Öcalan
SAS Bommen op Belgrado
SAS Kermis in het Kremlin
SAS Kolonel Chang verliefd
SAS Jihad
SAS Strijd in Rwanda
SAS Gijzeling op Jolo
SAS Dood aan de paus
SAS Armageddon
SAS Operatie Li Sha-Tin

Gérard de Villiers

Intriges in Nepal

Zwarte Beertjes
Utrecht / Amsterdam

Oorspronkelijke titel: Le roi fou du Népal

Vertaling: Maarten Meeuwes

Dit is een uitgave van A.W. Bruna Uitgevers B.V. in samenwerking
met Zwarte Beertjes.

ISBN 90 449 2984 4
NUR 313

1

De sergeant van het Purane Borath-regiment, de Gurkha-eenheid die belast was met de bescherming van het koninklijk paleis Nakayanhiti, salueerde eerbiedig voor de Toyota-terreinwagen met achter het stuur prinses Ketaki, die zich aan de westelijke ingang had aangemeld. Deze lag aan de Keshar Mahal en was de meest gebruikte ingang, met twee wit-met-bruine pilaren die de Everest moesten voorstellen, maar eerder aan ijslolly's deden denken. De zuidelijke ingang, aan de Durbar Margh, de Champs-Elysées van Kathmandu, werd alleen gebruikt tijdens officiële ontvangsten, en die aan de noord- en de oostkant werden door de militairen gebruikt.

Heldhaftig, gelukkig enigszins beschermd door zijn vilten hoed met een brede rand en een rode band en door zijn inmiddels doorweekte, groene uniform, liep de Gurkha door de lauwe moessonregen terug naar zijn hokje. Hoewel hij geen gevechtstaak had, herinnerde de gekromde *kukri*, de dolk die hij aan zijn riem had hangen, eraan dat hij deel uitmaakte van een elite-eenheid met een geduchte reputatie. De sergeant volgde met zijn ogen de terreinwagen, die vijftig meter verderop parkeerde, naast het gebouw waarin het secretariaat van het paleis was gevestigd. Daarvandaan was het nog geen 200 meter naar het Trihuvan Sadan, de residentie van kroonprins Dipendra Shah en prinses Helen Shah, dat werd bewaakt door andere soldaten van dezelfde eenheid. Op de door muren omringde twintig hectare, midden in het centrum van Kathmandu, bevonden zich nog twee koninklijke paleizen: het Shri Sadan, waarin de koning en de koningin woonden, en het Mendra Manjil, waarin de koningin-moeder, Ratna Rajya Laxmi, woonde.

Achter de muur stond een dichte haag reuzenbamboe, die extra bescherming bood tegen het lawaai en eventuele indiscrete blikken. Maar geen enkele Nepalees zou het wagen de koninklijke familie lastig te vallen. De leden van de koninklijke familie werden als goden beschouwd, en bewaakt door twee Gurkha-detachementen, het Purane Borath en het Kalibuhadur-regiment. Behalve familieleden en enkele speciale gasten kwam niemand ooit het paleis binnen.

Het ging nog harder regenen. De Gurkha-sergeant pakte een grote, groene paraplu en rende naar de Toyota, waaruit zojuist prinses Ketaki was gestapt. Toen liep hij om de auto heen om haar zuster, prinses Jayanti, tegen de regen te beschermen. Zij was een dwerg van hooguit 1 meter 20 lang. De talloze bloedbanden leidden soms tot nare verrassingen. Vervolgens escorteerde de sergeant de twee vrouwen naar de ingang van de 'biljartkamer', de ontvangstzaal van prins Dipendra, waar die avond het wekelijkse diner van het koningshuis zou plaatsvinden. Dit was een traditie die uit 1972 dateerde. Iedereen ontving om de beurt de anderen in zijn paleis.

Nadat de Gurkha de twee vrouwen had weggebracht, ging hij terug naar de westingang. Hij verwachtte in totaal achtentwintig gasten, die allemaal op een lijst stonden. Prins

Gyanendra, een broer van de koning, zou er niet bij zijn. Hij werd opgehouden in Pokhara, tweehonderd kilometer van Kathmandu. Prinses Ketaki, die van een Nepalees was gescheiden en was hertrouwd met een Brit, maakte officieel geen deel uit van de koninklijke familie, maar ze werd desalniettemin op de diners uitgenodigd, zij het natuurlijk zonder haar man. Op deze besloten bijeenkomsten waren geen bedienden aanwezig, zelfs de adjudanten die aan alle prinsen en de koning waren toegewezen, en die vierentwintig uur per dag over hen waakten, hadden die avond de opdracht gekregen op hun kamers te blijven, die op ongeveer vijftig meter van de koninklijke residentie lagen. Vanwege hun afwezigheid konden de leden van het koningshuis zich met een zekere vrijheid bewegen, zonder te worden beperkt door de strakke regels die golden binnen deze tweehonderd jaar oude monarchie, die aan het begin van de 21e eeuw geheel uit de tijd was. Nepal hield vast aan zijn tradities en was het laatste nog onafhankelijke koninkrijk in de Himalaya. Bhutan, Laddak en Sikiang werden nu bestuurd door India, en Tibet door China. Maar voor Nepal, dat voor het grootste deel nog in het bronzen tijdperk leefde, waren de koning en zijn familie de enige bescherming tegen een vijandige buitenwereld. Als klein land met 24 miljoen inwoners, dat werd ingeklemd door twee reuzen – China en India – hield Nepal wanhopig vast aan zijn onafhankelijkheid. Alsof de problemen nog niet groot genoeg waren, was er in het westen van het land een maoïstische boerenopstand uitgebroken, die veel leek op die van de rampzalige Rode Khmer in Cambodja of het Lichtend Pad in Peru. Het westen was de armste streek van het land en de opstandelingen wonnen er terrein, wat een dreiging vormde voor het evenwicht in het land en het toerisme en de buitenlandse investeringen kon beïnvloeden. Tot grote wanhoop van veel Nepalezen handelde koning Birendra, die zachtmoedig en laf was, het probleem af met *benign neglect*, weigerde hij de geduchte Gurkha's van zijn leger op de rebellen af te sturen en liet hij zijn slechtbewapende en -getrainde politieagenten bij honderden afslachten. In 1990 was Nepal onder druk van het volk weliswaar een constitutionele monarchie geworden, maar het leger gehoorzaamde alleen de koning, hetgeen de grondwet ook voorschreef. En dat was al tweehonderd jaar zo. En dus bezetten de maoïsten van de communistische partij van Nepal het ene dorp na het andere, verdreven ze de vertegenwoordigers van de regering en verboden ze het volkslied te zingen.

Ze hadden Kathmandu geïnfiltreerd door handelaren en zakenmensen om te kopen. Verscheidene dorpen in het district Nuwakot, 25 kilometer van de hoofdstad, waren al in hun handen gevallen. Ze werden heimelijk door de inlichtingendiensten van India en de communisten van Bihar en Upper-Pradesh geholpen en ze dreigden het laatste, kleine koninkrijk in de Himalaya te destabiliseren: 24 miljoen inwoners, van wie er 22 miljoen bijna stierven van de honger.

Het ging nog harder regenen. Schuilend in zijn wachthokje keek de Gurkha-sergeant naar het verkeer, dat nog druk was om dit uur: een stroom auto's, 'tuk-tuks', driewielige, collectieve taxi's, motoren, fietsen, minuscule Maruti's en zelfs riksja's. De twee prinsessen waren vroeg, dacht hij bij zichzelf. Het was net zeven uur en de receptie zou pas om acht uur beginnen.

Prins Bahadur Shah, een neef van koning Birendra, was een dikke jongeman met een zorgvuldig bijgeknipte hangsnor. Hij zat spiernaakt op een uitbundig vergulde Louis XV-fauteuil, die van de Parijse binnenhuisarchitect Claude Dalle afkomstig was. Hij duwde op het hoofd van de jonge vrouw die in een oranje sari voor hem geknield zat.
'Sneller, Yam!' zei hij.
Gehoorzaam versnelde de vrouw de bewegingen van haar mond, haar handen om de basis van de prinselijke roede geklemd. Tevreden slaakte prins Bahadur een diepe zucht en hij nam een trek van een enorme joint, die volgens een beproefd recept door zijn adjudant was klaargemaakt: een klein beetje tabak, heel veel *ganja* en een paar bolletjes cocaïne. Niets was beter om een stalen erectie te krijgen. Gelukzalig liet hij zijn blik over de muren gaan, die waren versierd met ivoor dat was uitgesneden met afbeeldingen uit de *Kamasutra*. Zijn privé-suite was de mooiste van hotel Soaltee Crown Plaza, een van de talloze bezittingen van de koning. De koninklijke familie, die niet alleen corrupt maar, veel erger nog, ook hebzuchtig was, had vrijwel alles in handen wat in Nepal van enige waarde was: hotels, grond, bedrijven, importlicenties. In zijn grote goedheid had zijn oom, koning Birendra, prins Bahadur tot bedrijfsleider van het hotel benoemd, dat een van de luxueuste van Kathmandu was. De jongeman had meteen van de gelegenheid gebruikgemaakt door zich de mooiste suite toe te eigenen, die hij had ingericht met een honderdtal meubels die hij bij Claude Dalle in Parijs had besteld, wat een ernstige aanslag had betekend op de middelen van het hotel. De inrichting had hij afgerond met een reeks erotische ivoorgravures, die hij in Delhi had gekocht.

Hij blies een grote rookwolk uit en voelde de eerste prikkelingen van genot door zijn lendenen gaan. 'Zachtjes,' zei hij.
Deze kleine slet zou hem laten klaarkomen. Ze was een Tamang, een stam die de Rana's, de grote families die het land regeerden, al eeuwen van harems voorzag. Ze waren onderdanig, aantrekkelijk en zelfs sensueel wanneer je hun de tijd gunde. Yam ging gehoorzaam verder, en prins Bahadur ontspande zich.
Het leven was mooi. De bijnaam 'de Verachtelijke', die de Nepalezen hem hadden gegeven, paste uitstekend bij hem. Normaal was hij zo mak als een lammetje, maar hij werd een wild beest zodra hij had gedronken. Hij had achter het stuur van zijn groene Toyota Land Rover al drie dodelijke slachtoffers gemaakt, onder wie één met opzet. Dat was een man geweest die ruzie met hem had gemaakt over een van zijn talloze veroveringen, waarna hij hem in koelen bloede had overreden. Elke andere burger zou meteen voor lange tijd achter de tralies zijn verdwenen, maar als lid van de koninklijke familie was hij onaantastbaar. Hij was altijd gewapend met een automatische 9-millimeter Glock, en hij aarzelde niet de politieagenten te bedreigen die het waagden hem een waarschuwing te geven. Een week eerder was hij stomdronken naar het casino van het Soaltee gegaan, waar hij enkele schoten in de lucht had gelost, om vervolgens enkele handen vol fiches van het casino te pakken en aan een roulettetafel plaats te nemen... Kwaad had de directeur de Gurkha's van het paleis moeten bellen om hem naar huis te brengen. Tot een volgende keer... Hoewel het koninkrijk een grondwet had, had de koninklijke familie er weinig van te duchten.

De jonge prins verstrakte weer, en hij voelde prikkelingen van genot door zijn lendenen gaan. Die kleine Yam was té goed.
Plotseling stond hij als door een wesp gestoken op en duwde hij de vrouw ruw weg. Ze viel, zonder één woord te zeggen, achterover op het dikke, Chinese tapijt. Met een triomfantelijke erectie liep Bahadur met ingehouden buik naar de kamer die naast de zijne lag. 'Bridget!' riep hij. 'Ik kom eraan!'
De jonge, slanke, blonde vrouw die op het grote bed van uitgesneden hout lag, hief haar porseleinblauwe blik naar hem op en glimlachte uitdagend. Ze lag op haar zij, leunde op haar elleboog en rookte net zo'n joint als Bahadur. Haar borsten waren bloot en verder droeg ze een wit, doorzichtig, slipje. Met een troebele blik blies ze langzaam de rook uit en ze zei met een iel stemmetje, terwijl ze de erectie bekeek die enkele centimeters voor haar gezicht stond: 'Ze heeft je goed voorbereid.'
Bahadur had haar ontmoet in een *lodge* in het Royal Chitwan National Park, in de aan India grenzende provincie Terai, waar, tot groot genoegen van de toeristen, nog de laatste tijgers van Nepal te vinden waren. Maar ze brachten de dorpelingen van de streek alleen ellende, want de tijgers waren hongerig en verslonden regelmatig enkele dorpelingen. Maar omdat ze een beschermde soort waren, waren ze onaantastbaar...
Bridget Cork, een jonge, enigszins losgeslagen Britse, had de pr van het park gedaan, en Bahadur was op slag verliefd geworden op haar lange gedaante en eindeloos lange benen.
Dezelfde avond nog bleek dat ze, blind voor de prinselijke

molligheid en overladen met goud, in bed een ware furie was. De volgende dag was ze zonder enige spijt uit het park vertrokken en had ze de tijgers en olifanten ingewisseld voor de suite in het Soaltee. Sindsdien had de neef van de koning haar niet meer uit het oog verloren.
Hij staarde lange tijd in haar blauwe, troebele ogen en liet toen zijn blik naar haar onderbuik zakken. Bahadur kwam naar voren en trok het slipje langs haar dijen omlaag, zodat haar blonde schaamhaar zichtbaar werd. Ze was een onmogelijke droom voor de gemiddelde Nepalees. De jonge vrouw tilde haar heupen op om het hem gemakkelijker te maken. Toen klom Bahadur op het bed en hij liet zich tussen Bridgets dijen zakken. Zonder haar joint weg te leggen, bleef ze naar zijn stijve geslachtsdeel kijken, totdat helemaal in haar verdween.
Hij slaakte een rauwe zucht van genot. De drugs maakten hem nog gevoeliger. Ze voelde iets enorms in haar buik. Door de cocaïne waren haar zenuwen tot het uiterste gespannen. Haar ogen draaiden weg en ze liet haar joint vallen.
Diep in haar verzonken, pakte Bahadur haar beet en hij spreidde haar benen zo ver mogelijk open. Toen duwde hij zich tegen haar aan, zodat haar bekken omhoogkwam. Bijna dubbelgevouwen liet Bridget hem begaan.
Vervolgens trok prins Bahadur zich bijna geheel uit haar terug, om zich dan met zijn hele gewicht weer op haar te laten zakken, waarbij hij haar aan het bed nagelde. Bridget slaakte een kreet en begon toen onophoudelijk te gillen, terwijl haar partner in haar stootte. Ze sloeg met haar armen door de lucht, kraste met haar nagels in zijn rug en riep: ‘Ja, ja! Doe het dan!’

Hij ging als een waanzinnige tekeer, en met een laatste stoot kwam hij diep in haar klaar. Toen liet hij zich als verdoofd op haar zakken. Bridget lag na te hijgen en het bloed klopte in haar vagina, die nog tot barstens toe door Bahadur was gevuld. Ze vond het heerlijk wanneer hij zich liet 'voorbereiden' door een van zijn lokale hoertjes. Dat gaf haar een gevoel van superioriteit. Plotseling rook ze een brandlucht: de joint die ze had laten vallen had de gordijnen in brand gezet!
Bahadur rukte zich van haar los en sprong van het bed, terwijl hij vloekend op zijn horloge keek: vijf over acht! Hij kwam te laat op het koninklijk diner. Bovendien was zijn vader, prins Gyanendra, broer van de koning, ook al afwezig. Hij beende de kamer uit en liet Bridget de vlammen doven. Snel kleedde hij zich aan. Yam was inmiddels ook verdwenen, na zich van haar taak te hebben gekweten.

Het lawaai van de gesprekken overstemde de bescheiden achtergrondmuziek van Nepalese liederen, die uit de luidsprekers klonk die achter de bar van de 'biljartkamer' stonden. Alle gasten van prins Dipendra waren er. Koning Birendra en koningin Aishwarya, die gekleed was in een prachtige, rode sari, waren vlak na prins Bahadur binnengekomen. Het koninklijk echtpaar was bij de koninginmoeder geweest, die met prinses Helen Shah in een kleine, nabijgelegen salon zat. Daarna was het paar teruggekomen om zich onder de gasten te mengen.
Die hadden zich verspreid over de grote, rechthoekige ruimte, die vooral was ingericht met banken, lage tafels en een groot biljart. Prins Dipendra liep als goed gastheer

heen en weer tussen de bar, die volstond met Franse champagne – Taittinger – whisky, gin, cognac – Otard – en niet-alcoholische dranken. De leden van de koninklijke familie dronken stevig, met uitzondering van de koning, die zich tot Coca-Cola beperkte. Na prinses Sitashma een gin-tonic te hebben gebracht, liep Dipendra naar prinses Ketaki, die met haar zus op een bank zat. 'Wat wil je drinken?'

'Een Defender met soda,' zei de prinses. 'En veel ijs.'

Dipendra keek haar spottend aan. 'Meestal neem je geen soda.'

Ketaki kon soms slecht van de whisky afblijven. Dipendra ging terug naar de bar en bracht haar een vol glas Defender. Toen ging hij verder met de andere gasten.

De koning en de koningin zaten midden in de zaal met een van hun ouders, Ravi Shamtar Rana, en een van hun schoonzoons, Mahesh Kumar Singh, te praten. Die had zijn vrouw moeten verontschuldigen, want ze had een aanval van jicht. Koning Birendra knikte begripsvol. 'Jicht en te veel cholesterol zijn kwalen die veel in onze familie voorkomen,' verzuchtte hij, terwijl hij een trek van zijn sigaar nam.

Door binnen de familie te trouwen, liep de koninklijke familie steeds meer erfelijke gebreken op. Maar de vierentwintig gasten dachten daar nu niet aan en praatten en dronken voordat ze aanvielen op het reusachtige buffet dat voor de bar was uitgestald. Er kwamen steeds meer lege flessen Taittinger, gin, Defender en wodka bij en de gasten schonken gul voor zichzelf in. Rondom het grote biljart werd geanimeerd gepraat. Prinses Ketaki had haar nicht, prinses Shanti Singh, gevonden. Plotseling viel haar

het gedrag van prins Dipendra op, die liep wankelend tussen de gasten door en botste tegen de meubels op. Sommige meubels vielen om en hij zakte bijna op het biljart in elkaar.
'Hij heeft weer te veel gedronken,' zei prinses Shanti.
Ketaki barstte in lachen uit.
'Nee, ik ken hem. Hij kan zonder problemen een hele fles Defender op, hij doet alsof hij dronken is. Ik vraag me af waarom.'
De twee vrouwen volgden de kroonprins met hun ogen. Hij wankelde verder en verdween toen door een deur de tuin in.
'Als Thulo Buba merkt dat hij weg is, wordt hij woedend,' zei Shanti.
Binnen de familiekring werd de koning vaak met de naam 'Thulo Buba' aangeduid.
'Hij zal zo wel terugkomen,' antwoordde Ketaki glimlachend. 'Hij wil gewoon zijn vriendin even bellen.'
Het privé-appartement van Dipendra lag twintig meter verderop, in een ander gebouw.
Heel Kathmandu wist dat hij smoorverliefd was op een prachtige, Indiase vrouw, Devyani Rana, kleindochter van de maharadja, die haar tijd verdeelde tussen Delhi en Kathmandu. Ze maakten geen geheim van hun relatie en waren zelfs innig zoenend in de parkeergarage van het Hyatt-hotel gezien, wat in de ogen van de conservatieve Nepalezen uiterst smakeloos was. Pas sinds kort was het de koningin toegestaan in het openbaar te glimlachen... De leden van de koninklijke familie waren goden, en goden moesten zich onverstoorbaar gedragen.
De gesprekken gingen verder. Prinses Ketaki vroeg zich

af of ze niet een tweede Defender – zonder soda – moest nemen. Toen zwaaide de tuindeur open en kwam er onverwacht iemand binnen. Het was een in gevechtstenue geklede man met op zijn hoofd een pet die bijna tot over zijn ogen omlaag was gedrukt. Hij droeg zwarte handschoenen en was tot de tanden gewapend! Met zijn linkerhand zwaaide hij met een M16-geweer, en in zijn rechterhand had hij een HK MP5-machinepistool. Gedurende enkele tellen bekeek prinses Ketaki deze vreemde verschijning aandachtig. 'Maar dat is Dipendra!' riep ze uit. 'Waarom heeft hij zich zo verkleed? Zijne majesteit zal woedend worden!'

Ze kreeg geen tijd om nog meer te zeggen, want zonder een woord te uiten, richtte prins Dipendra de MP5 op het plafond, en klonken er drie schoten. Stukken pleisterwerk vielen op de grond. Toen liet de kroonprins zijn wapen zakken en hij opende op drie meter afstand het vuur op zijn vader, koning Birendra.

De gasten verstrakten bij het geluid van de schoten. De koning zakte langzaam in elkaar, terwijl er op zijn jasje van lichtgele zijde al bloedvlekken ontstonden. Toen smeet Dipendra het machinepistool op de grond. Ravi Shamthar Rana, die op dat moment met de koning stond te praten, knielde in paniek naast de vorst neer en probeerde het bloeden te stelpen. De koningin, die iets verderop stond, rende naar haar man. Prins Dipendra bleef even onbeweeglijk staan, draaide zich toen op zijn hielen om en vertrok naar waar hij vandaan was gekomen.

Hij bleef nog geen minuut weg. De gasten hadden zich geschokt om de tussen twee banken op de grond liggende koning verzameld toen Dipendra terugkwam, nu met zijn geweer in beide handen.

Eerst richtte hij het wapen op prinses Komal, zijn tante, die met prins Gyanendra was getrouwd, en hij schoot twee kogels in haar borst. Toen richtte hij de M16 op zijn zwager, Kumar Gorakh, die in de buik werd getroffen en op de grond in elkaar zakte. De broer van de koning, Dhirendra Shah, rende schreeuwend op hem af. 'Dipendra, hou op! Je bent gek geworden!'

Als enig antwoord schoot Dipendra twee kogels door Dhirendra Shahs hoofd, die op slag dood was.

Toen draaide hij zich weer om en hij verdween opnieuw in de duisternis van de tuin, de gasten geschokt en doodsbang achterlatend. Verbaasd vroegen ze zich af wat er was gebeurd. Vrouwen gilden hysterisch.

Uit voorzorg duwde prins Bahadur enkele vrouwen weg achter de banken. Een van hen, de dochter van koning Birendra, prinses Scruti, wilde niet en rende naar haar gewonde echtgenoot, Kumar Gorakh.

Een militaire arts, Rajiv Shaki, echtgenoot van prinses Puja, probeerde het bloed te stelpen dat uit de nek van koning Birendra stroomde, daarbij geholpen door prinses Shobha. Op dat moment kwam prins Dipendra voor de derde keer terug uit de tuin, met een nieuw patroonmagazijn in zijn M16.

Prinses Ketaki was doodsbang en ze begreep niet waarom de adjudanten, die toch vlakbij waren en door de schoten gealarmeerd moesten zijn, nog niet waren toegesneld. Inderdaad gebeurde het wel eens dat prins Dipendra op katten en kraaien schoot, maar dat was overdag.

Eerst liep prins Dipendra naar de koning en hij loste nog

een salvo op hem, waarmee hij hem ernstig in zijn hoofd verwondde en ook zijn zuster trof, die in elkaar zakte. Daarna liep hij stijf als een robot naar een van zijn ooms, Kumar Khadga Shah, die naast zijn tante stond, prinses Sharada, en hij schoot hen beiden neer. Toen richtte hij zijn wapen op zijn zus Sruti, die haar gewonde man ondersteunde, en hij doodde haar met een kort salvo.
Nu bleef hij staan en hij keek om zich heen. De bittere geur van cordiet hing in de ruimte en er stond nog maar één gast overeind. De overlevenden verborgen zich achter de banken, evenals de koningin, die zich had verscholen naast haar jongste dochter, Nirajan.
De enigen die nog te zien waren, waren de prinsessen Ketaki en Jayanti, die achter in de kamer tegen elkaar gekropen zaten. Dipendra zag hen en loste een laatste salvo. Jayanti werd vol in haar hoofd getroffen en was op slag dood, terwijl haar zus ervan afkwam met een kogel in haar schouder en een in haar arm.
Toen hij zag dat er niemand meer over was om dood te schieten, liep prins Dipendra naar de tuin en verdween. Zodra hij weg was, stond de koningin met een verwilderde blik op. Ze keek naar de slachting en ging toen Dipendra achterna, gevolgd door haar dochter Nirajan. Het enige geluid was het gekreun van de gewonden.
De koning van Nepal was lijkbleek en het bloed liep uit zijn oren. Hij lag op sterven, en zijn gele, zijden *kurta* was bedekt met bloed.

Prinses Ketaki was bij bewustzijn gebleven. Ze bekeek haar schouder, die door de kogel van de M16 kapot was geschoten. Het bot was in de wond te zien. Ze keek om en

zag meteen dat haar zus niet meer ademhaalde.
Plotseling klonk er buiten een schot, toen volgden er na een eindeloos durende stilte nog twee salvo's en daarna nog een enkel schot. Eindelijk hoorde prinses Ketaki buiten roepen. Er werd op het grote raam bij het biljart geklopt en enkele adjudanten kwamen de ruimte in, diepgeschokt door wat ze er aantroffen. Binnen enkele ogenblikken wemelde het in de biljartkamer van de uniformen. Een van de Gurkha's boog zich over de prinses en onderzocht haar wond. Ketaki was nog steeds helder en vroeg: 'Waar is de koningin?'
'Dood. In de tuin,' stamelde de Gurkha. 'Prinses Nirajan ook. Ze zijn met kogels doorzeefd.'
'En prins Dipendra?'
'Die heeft buiten, bij het zwembad, zelfmoord gepleegd.'
Van overal vandaan kwamen nog meer Gurkha's van de koninklijke garde binnen, gevolgd door bedienden uit het paleis. En allemaal keken ze vol afgrijzen naar de afgeslachte koninklijke familie. De overlevenden konden maar aan één ding denken: weg uit deze hel.
Terwijl iedereen zich om de gewonden bekommerde, tilde de adjudant van de koning met twee soldaten het levenloze lichaam van de vorst op en brachten het weg. De koningin-moeder, die in haar salon was gebleven, keek vol afgrijzen vanaf de drempel toe. Ze mompelde iets wat niemand hoorde.
Het stonk er naar cordiet, bloed en de dood.

2

Door het raampje van de Airbus van Thai International zag Nepal eruit als een ongelooflijk groen Zwitserland, met gele huizen in de vorm van kleine blokjes, als van een monopolyspel.

Kathmandu lag in een smalle vallei tussen lage heuvels, en je moest flink je best doen om te geloven dat je je aan de voet van de Himalaya bevond, het hoogste gebergte van de wereld. De 'edele' toppen – Everest en Annapurna – lagen meer naar het oosten, onzichtbaar door een eeuwige wolkenband en slechts bereikbaar voor vastberaden alpinisten. Het vliegtuig landde. Van dichtbij zag alles er veel vuiler uit dan Zwitserland. Aan de rand van het vliegveld stonden wrakken van oude vliegtuigen en helikopters. Het luchthavengebouw was heel klein en vervallen en leek bijna verlaten te zijn. Toen Malko uitstapte, zag hij op het platform een oude turbojet van Yetis Airlines staan, die op het punt stond op te stijgen. Hij werd aangenaam verrast door de warmte. De moesson en de stortbuien maakten na half september plaats voor bijna tropische temperaturen, want de stad lag op slechts duizend meter hoogte.

De formaliteiten waren snel afgehandeld, want er hadden weinig passagiers in het toestel gezeten. Nadat Nepal in de jaren zeventig voor hippies van allerlei pluimage een verplicht reisdoel was geweest, kwamen er nu alleen trekkers, ervaren alpinisten en Indiërs die zich blut speelden in de vier casino's van Kathmandu, aangezien casino's in hun eigen land verboden waren.

Na bij de uitgang van het luchthavengebouw door een meute chauffeurs te zijn belaagd, nam Malko plaats in een taxi die eruitzag of hij was gestript. Op het stuur na was er niets over van het dashboard.

De weg naar de stad leek op de wegen in Afrika, maar dan nog erger. Door de drukte, de honderden winkeltjes ter grootte van een flinke schoenendoos, de piepkleine Maruti's, waarin soms acht personen zaten gepropt, en de tuktuks, had het veel weg van India. In deze stoffige omgeving staken de vrouwen fel af met hun sari's in heldere kleuren en hun verzorgde uiterlijk: gekapt, opgemaakt, gouden sieraden in hun neus en de eeuwige, rode *tika* op hun voorhoofd, om de talloze Hindoestaanse goden gunstig te stemmen.

De taxi kwam na een schommelende rit eindelijk uit in een drukke straat met kantoren van luchtvaartmaatschappijen, restaurants en souvenirverkopers. De chauffeur draaide zich om en zei met een tandeloze glimlach tegen Malko: 'Royal Palace!'

Hij wees naar de hoge hekken aan het einde van de straat, de Durbar Margh, waarachter enkele lelijke gebouwen te zien waren die op een onnatuurlijke kruising tussen de klokkentoren van een kerk uit een buitenwijk en een metrostation in Peking leken. Het park van het Nakayanhitipaleis was enkele vierkante kilometers groot en lag midden in de stad. Toen reed de taxi een smalle zijstraat in naar hotel Yak and Yeti, een van de redelijk goede hotels

van Kathmandu, dat bestond uit een reeks gebouwen van roze baksteen die verspreid lagen in een grote tuin.
Na door een glimlachende portier met een tulband te zijn ontvangen, had Malko zich binnen een oogwenk geïnstalleerd.
In het park waggelden enorme eenden rond, en de Nepalezen waren vriendelijk en ontspannen. Niets herinnerde aan het ongelooflijke drama dat zich enkele weken eerder in deze schijnbaar zo rustige stad had afgespeeld. Op 19 jestha 2058, volgens de Nepalese kalender, die iets voorliep op de onze en wat overeenkwam met 1 juni 2001, was de troonopvolger, prins Dipendra, kennelijk bevangen geraakt door een aanval van moordlustige waanzin en had hij methodisch het grootste deel van zijn familie afgeslacht, onder wie zijn vader, de koning, en zijn moeder, de koningin. Toch was hij de troonopvolger gebleven. Waarschijnlijk uit schuldgevoel had hij vervolgens een kogel door zijn hoofd geschoten en slechts drie dagen langer geleefd dan zijn slachtoffers. Toen hij in coma lag, was hij, ondanks zijn daden, tot koning van Nepal uitgeroepen. De hoeders van de troon hielden zich nauwgezet aan de regels voor de troonopvolging. Toen hij eindelijk zo goed was geweest te sterven, was de troon overgegaan op zijn oom, prins Gyanendra, die de moordenaar allereerst een begrafenis had gegeven die zijn titel waardig was, met een saluut van 31 kanonschoten en een crematie in de Pashupatinath-tempel, aan de oever van de rivier de Bagmati. Als teken van rouw om de dood van twee opeenvolgende koningen hadden de Nepalezen hun hoofd kaalgeschoren en een vastentijd van dertien dagen aangehouden.
De volgende dag was prins Gyanendra gekroond tot zijne

majesteit koning Gyanendra Bir Bikram Shah en had hij, na een rit in een koets die werd getrokken door zes paarden, zijn intrek in het paleis genomen. Dit was traditioneler dan de koninklijke, gepantserde Mercedes. Op zijn hoofd had hij het traditionele, koninklijke hoofddeksel gedragen dat leek op een omgekeerde pan, waarop een bos pauwenveren was bevestigd.

Binnen vier dagen had Nepal drie koningen gekend, wat een unieke gebeurtenis in de geschiedenis van dit kleine koninkrijk was.

Zodra Malko zich op zijn kamer had geïnstalleerd, pakte hij de telefoon van het hotel. Hoewel hij wel vermoedde waarom de CIA hem naar Kathmandu had laten komen, wilde hij graag de precieze reden weten. Volgens de verhalen in de kranten was de reden voor de slachting in het koninklijk paleis overduidelijk: prins Dipendra, die smoorverliefd was op een jonge Hindoestaanse vrouw, had ruzie gehad met zijn moeder, die geen toestemming voor hun huwelijk had willen geven. Hij had natuurlijk toch met deze jonge vrouw kunnen trouwen, maar daarmee zou hij zijn rechten op de troon van Nepal hebben verspeeld. En kennelijk wilde Devyani Rana graag koningin worden. Dit vreselijke dilemma had prins Dipendra opgelost door zijn ouders en enkele anderen te vermoorden. Negen doden, allemaal leden van de koninklijke familie, om nog te zwijgen over de gewonden. Maar daarna was de situatie tot rust gekomen en had Nepal een nieuwe koning gekregen: de broer van de vermoorde koning, een keiharde zakenman. Malko begreep niet waarom de CIA achterdochtig was. Toch was hij blij dat hij niet achter de ongrijpbare Bin Laden aan werd gestuurd. Van Afghanistan had hij zijn buik vol.

'Met de Amerikaanse ambassade van Nepal,' zei een Nepalese stem.

'Meneer Larry Doolittle, alstublieft. U spreekt met prins Malko Linge.'

Even later zei een typisch Amerikaanse stem op vriendelijke toon: 'Goedemiddag, meneer Linge, welkom in Kathmandu.'

De man van de CIA had een sterk zuidelijk accent, een beetje zoals Bill Clinton.

'Dank u,' zei Malko. 'Wanneer kunnen we elkaar ontmoeten?'

'Nu, als u niet te vermoeid bent,' antwoordde Larry Doolittle. 'Ik zal een andere afspraak afzeggen. Hebt u vervoer?'

'Nee, maar ik kan een taxi nemen.'

De Amerikaan maakte een afkeurend geluid. 'Ik stuur u liever een auto met een chauffeur die Engels spreekt. In de taxi's loopt u allerlei smerige ziekten op. U moest eens weten hoeveel ziekten er in dit verrotte land voorkomen! En drinkt u vooral geen kraanwater. Alleen mineraalwater.'

Chris Jones en Milton Brabeck, de twee 'gorilla's' van de CIA, zouden niet van hun kamer zijn gekomen. Malko besloot op de auto te wachten en liep het park in, dat was versierd met een enorme boeddha op de top van een klein heuveltje. Een halfuur later kwam een van de bedienden van de receptie hem waarschuwen dat zijn auto er was. Voor de ingang stond een witte Toyota. De chauffeur, een slanke jongeman met vettig haar, sprong naar buiten,

maakte een diepe buiging en opende het portier. 'Mijn naam is Prakash,' zei hij in het Engels.
Malko nam achterin plaats en ze reden de Durbar Margh op, waarna ze voor het koninklijk paleis linksaf sloegen, langs het hoge hek dat even verderop overging in een grijze, stenen muur.
Bij het begin van de Lazimpat, de drukke straat naar de buitenwijk Maharajgunj, remde hij plotseling. Een koe die de uitstalling van een groentenkoopman stond leeg te eten, blokkeerde het verkeer. Hier waren koeien net zo heilig als in India. Het toch al waanzinnig drukke verkeer was tot stilstand gekomen in een magma van tuk-tuks, fietsen en auto's. Eindelijk verwaardigde de koe zich de weg vrij te maken. Drie kilometer verder naar het noorden zag Malko plotseling links in een bocht, naast een donkere poort, grote, groengeverfde blokken liggen die het parkeren moesten tegengaan. Een dozijn Nepalezen in uniform, met een woeste blik in de ogen, en gewapend met jachtgeweren, stond op de stoep op wacht. Het syndroom Bin Laden was zelfs tot de Himalaya doorgedrongen.
Hij ging aan de linkerkant het consulaat binnen, waar hij zorgvuldig door kleine, giechelende Nepalese vrouwen in uniform werd gecontroleerd. Hun detectieapparatuur was zó slecht dat het gewoon komisch was. Eindelijk mocht hij het heiligdom binnengaan. De piepkleine, witte, vierkante ambassade stond midden in een tuin, iets bij de weg vandaan. Een puisterige secretaresse in een lange, tot op de draad versleten rok kwam Malko ophalen, terwijl een marinier in een hokje van pantserglas achterdochtig toekeek.
Larry Doolittle wachtte bovenaan de trap op hem. Hij was

een sympathieke man met een baard en bretels. In zijn mondhoek hing een pijp, en hij kwam niet verder dan Malko's schouders. Zijn kantoor was versierd met de Amerikaanse vlag, enkele Tibetaanse muurschilderingen en de eeuwige foto van de Mount Everest, het witte goud van Nepal. Kosten: 50.000 dollar per beklimming.
'Thee of koffie?' vroeg hij.
Malko nam thee, want Amerikaanse koffie was niet te drinken. Even ging het gesprek onvermijdelijk over Bin Laden, het absolute Kwaad. Maar het was duidelijk dat Larry Doolittle snel de reden van Malko's komst wilde aansnijden. 'U zult zich wel afvragen wat u hier doet,' zei hij glimlachend toen zijn koffie op was.
'Dat zeker,' gaf Malko toe.
Larry Doolittle stond op en pakte een kleurenfoto van zijn bureau, die hij aan Malko gaf. 'U hebt over de slachting op 1 juni gehoord? De man links is prins Dipendra, die iedereen die verder op de foto staat heeft vermoord.'
Malko bekeek de foto aandachtig. De mannen zagen eruit als in een operette, met grote petten met goudborduursel en prachtige uniformen met allerlei decoraties. Ze leken allemaal op elkaar: een dommige blik, keurig verzorgde hangsnorren en pafferige gezichten. De vrouwen waren fel opgemaakt, hun blikken waren leeg en ze droegen allemaal kroontjes en juwelen.
'Een droevige geschiedenis,' zei Malko.
'Dat is de reden van uw komst,' zei Larry Doolittle meteen.
'Wat valt er dan nog over deze geschiedenis te vertellen?' vroeg Malko verbaasd.
De Amerikaan stak zijn pijp op met een speciaal voor

pijpen gemaakte Zippo en zei met een verlegen glimlach: 'De opdracht kwam uit Langley. Toen iemand daar het dossier over de koningsmoord bestudeerde, vroeg hij zich af of er niet meer achter zat. Meer dan een liefdesgeschiedenis.'

'Maar wat interesseert dat het kantoor?'

'Kennelijk bedreigt deze troonswisseling onze belangen in dit land. Daarom zou het mogelijk kunnen zijn dat er mensen achter deze zaak zitten die andere belangen hebben dan wij... Op het moment zijn ze bij de *company* nogal paranoïde.'

Na het drama van het World Trade Center hadden ze daar ook hun redenen voor.

'Legt u eens uit,' zei Malko.

Larry Doolittle stak zijn uitgedoofde pijp weer aan en legde zijn aansteker op de lage tafel. 'Tot in 1990 was Nepal een absolute monarchie,' begon hij. 'Al tweehonderd jaar lang werd de macht verdeeld onder twee grote families, de Shahs en de Rana's. Beide even absoluut en volkomen corrupt. De arme Nepalezen accepteerden het niet langer. Toen het de verkeerde kant op dreigde te gaan, zetten de Verenigde Staten koning Birendra, die nu is vermoord, onder druk om iets van zijn macht prijs te geven. Dat heeft hij gedaan, en nadat er bij felle opstanden enkele honderden doden waren gevallen, werd Nepal een parlementaire monarchie en stond de koning politieke partijen toe.'

'Was dat genoeg?' vroeg Malko.

'Het enige gevolg was dat de corruptie zich over al het politieke personeel kon uitbreiden,' zei Larry Doolittle somber. 'Maar het volk was tevreden. Eindelijk kon het zeggen wat het wilde, al maakte het weinig uit. Tien jaar na de machtswisseling zijn er nog steeds geen wegen, is er geen infrastructuur, geen sociale zekerheid, is het analfabetisme zestig procent en leven de meeste Nepalezen als in de Middeleeuwen.'

'Hebben ze niet geprobeerd de monarchie omver te werpen?'

Larry Doolittle glimlachte spottend. 'Alsof u een plattelandspastoor vraagt in opstand te komen tegen de paus. Hier zijn de leden van de koninklijke familie goden. Zij bezitten de facto nog steeds een absolute macht en buigen niet voor gewone wetten. Wat de mensen na de slachting in het paleis schokte, was niet dat Dipendra negen leden van zijn familie had vermoord, onder wie zijn moeder, zijn zus en zijn kleine broertje, maar dat hij het had gewaagd een vinger naar de koning uit te steken. Toen ik tegen een Nepalees mijn verbazing erover uitsprak dat hij tot koning was uitgeroepen nadat hij de vorige had vermoord, zuchtte hij en zei: "Weet u, ze zijn goden, en die denken anders dan wij."'

Er viel een stilte. Wat een land! Er heerste volkomen wetteloosheid, een droom voor elke politicus. En men was er nog blij om ook. Malko nipte aan zijn jasmijnthee en merkte op: 'U hebt nog steeds niet verteld waarom ik hier ben.'

Larry Doolittle nam een trek van zijn pijp en zei: 'In de afgelopen tien jaar is er toch íéts gebeurd. In het westen van het land, het armste deel, is een boerenopstand ontstaan. Het is een beweging die te vergelijken is met de Cambodjaanse Rode Khmer, of met het Lichtend Pad in Peru. Het is een mengeling van intellectuelen en analfabete boeren. Hun geestelijk leider is een brahmaan uit de hoogste kaste, Pushpa Kamal Dahal, die zich nu Kameraad Prachanda laat noemen. Langzaam maar zeker is hun beweging gegroeid en een echte guerrilla geworden, met enkele duizenden strijders.'

'Hebben ze wapens?'

'Ze zijn met vrijwel niets begonnen,' legde de Amerikaan uit, 'maar door agenten te doden, zijn ze aan heel wat wapens gekomen. Bovendien kopen ze die op de zwarte markt in de omringende landen, zoals in Uttar Pradesh en Bihar, waar ze talloze communistische sympathisanten hebben.'

'Helpen de Chinezen hen niet?'

Larry Doolittle glimlachte. 'Nee. De Nepalese communistische partij ziet de mensen in Peking als afschuwelijke revisionisten. Zelf volgen ze de zuivere leer.'

'En hoe denkt ú over hen?' vroeg Malko onschuldig.

Er viel een stilte. Het was de CIA nog nooit gelukt een bevrijdingsbeweging de kop in te drukken.

'We hebben van meet af aan in contact met hen gestaan,' gaf het districtshoofd van de CIA zuinig toe. 'We wilden hen in het legale politieke circuit laten opnemen en hebben altijd een meerpartijenstelsel gesteund. Koning Birendra dacht er net zo over als wij. Hij heeft altijd geweigerd het leger op hen af te sturen en heeft hen laten bestrijden door de slechtbewapende en slechtopgeleide politie. Het gevolg is dat ze in ruim vijf jaar tijd ongeveer vijfentwintig procent van het land in handen hebben gekregen en de steden, waaronder Kathmandu, hebben geïnfiltreerd.'

'En dat verontrust u niet?'

Larry Doolittle stak voor de derde keer zijn pijp op. 'Ja en

nee,' gaf hij toe. 'Koning Birendra was bereid met hen te onderhandelen, zodat ze samen met de andere partijen aan het politieke leven zouden kunnen meedoen. Hij wilde geen bloed laten vloeien en ik denk dat hij na 28 jaar op de troon te hebben gezeten er geen prijs meer op stelde en begreep hoe achterhaald zijn positie was. Hij bood kans op een rustige, beheerste overgang.'
'En de nieuwe koning, Gyanendra, denkt hij er anders over?' vroeg Malko.
'Heel anders. Hij is een harde. Een autocraat, en hij is begonnen met het leger het land in te sturen. Dat is 40.000 man sterk, redelijk goed uitgerust en bestaat uit elitesoldaten, de beroemde Gurkha's.'
'Is het niet de beste oplossing dat het leger die rebellie onderdrukt?' vroeg Malko, de advocaat van de duivel spelend.
'Dat lukt nooit,' zei de Amerikaan. 'Van guerrilla's kún je niet winnen. Volgens onze analisten zal de nieuwe politiek van Gyanendra ertoe leiden dat de maoïsten mettertijd de macht zullen overnemen, de constitutionele monarchie omverwerpen en een totalitaire staat installeren. Daarin zal voor ons geen plaats zijn. Daarom stelt Langley belang in de slachting van 1 juni. Die gebeurtenis kan een radicale, politieke verandering tot gevolg hebben.'
'Zeker,' gaf Malko toe. 'Het is vreemd. Maar waarom bent u zo in Nepal geïnteresseerd? De Verenigde Staten hebben er geen belangen.'
Larry Doolittle keek hem geamuseerd aan. 'Jawel,' zei hij. 'Tibet.'
'Wat bedoelt u?'
'Nepal is onze enige observatiepost van Tibet. We zitten

hier twee uur van de grens vandaan en vijf uur van Lhassa. Ik ben hier om één reden: het project "Tibetan Uprising".'
'Wat is dat?'
'U weet dat de Chinezen Tibet zijn binnengevallen, de dalai lama hebben verdreven en uit alle macht proberen het land helemaal te koloniseren. De Verenigde Staten keuren die politiek officieel af. Mijn rol hier is te proberen aan informatie te komen over hoe de situatie zich daar ontwikkelt, overlopers en vluchtelingen op te vangen en, zo mogelijk, een anti-Chinese verzetsbeweging op poten te zetten.'
Een uitgebreid programma, zei Malko bij zichzelf. Hij begreep nu waarom de CIA zoveel belang stelde in Nepal.
'Hebt u resultaten geboekt?' vroeg hij.
'Enkele,' beaamde de Amerikaan, 'maar het is heel moeilijk. We hebben aan de andere kant van de grens een paar gerichte operaties uitgevoerd, maar het is een kwestie van een lange adem. En we moeten voorzichtig zijn. De Nepalezen zijn doodsbang voor China. Ze willen dat land vooral niet tegen zich in het harnas jagen.'
Het werd al duidelijker. Ook al waren China en de Verenigde Staten een stuk nader tot elkaar gekomen, dat betekende nog niet dat er meteen open kaart werd gespeeld. Er waren nog steeds middelen nodig om Peking onder druk te zetten, op het gevaar af de monarchie in Nepal op het spel te zetten.
'Ik begrijp nu waarom u zich bezorgd maakt over de gebeurtenissen,' gaf Malko toe. 'Maar waarom voert u het onderzoek niet zelf uit?'
Larry Doolittle knikte en streek met zijn hand over zijn

grijze haar. 'Als ik wil dat Nepal me wat Tibet betreft mijn gang laat gaan, moet ik me niet met zijn zaken bemoeien. De slachting van 1 juni was een interne, Nepalese aangelegenheid. Wanneer u iets ontdekt wat hen in verlegenheid kan brengen, kan ik altijd nog zeggen dat u uw onderzoek rechtstreeks in opdracht van Langley uitvoert. Daarmee red ik in elk geval nog een beetje mijn eigen gezicht. En u bent geen Amerikaan, dus valt u minder op. Bovendien heb ik hier niet veel bronnen. Al jarenlang bespreken we de interne problemen met onze "neven" van de Britse geheime dienst. Zij voelen zich hier thuis. Ze zitten hier al eeuwen. Het leger doet precies wat zij zeggen. De Gurkha-officieren hebben allemaal hun opleiding in Sandhurst gehad. Mijn collega bij MI6 heeft me trouwens een zeer volledig verslag over de koninklijke massaslachting gegeven.'

'En wat is de conclusie daarvan?'

'Dat het om een aanval van waanzin van de jonge prins ging, met sentimentele redenen als oorzaak. Hij zal het u zelf wel uitleggen.'

'Hoezo?'

'Ik heb hem verteld dat u komt. Hij wil graag kennis met u maken. Ik denk dat hij u aan de nodige contacten zal helpen om een onafhankelijk onderzoek te doen. Daar heeft Langley om gevraagd.'

'Is hij uw enige bron?'

'Nee, natuurlijk niet. Er is iemand anders die u beslist moet ontmoeten. Prinses Ketaki Chester. Een nicht van de huidige koning, die van haar Nepalese man is gescheiden en met een Australiër is getrouwd. Ik heb haar verscheidene keren op onze borrels uitgenodigd. Ze heeft de slach-

ting overleefd, en ik weet dat ze ermee akkoord gaat met u te praten. Ze gaat regelmatig naar de Verenigde Staten, en dan zorg ik ervoor dat ze snel een visum krijgt. Ik zal u haar telefoonnummer geven. Ze weet er al van.'
De Amerikaan keek op zijn Breitling en stond op om enkele regels in een dossier te schrijven, dat hij daarna aan Malko gaf. 'Dit is het dossier dat ik over deze zaak heb aangelegd, met de gegevens van Andrew Teck en prinses Ketaki. U zult zien dat ze heel charmant is.'
Malko borg de papieren verbaasd op. Dit was het vreemdste onderzoek uit zijn hele carrière. Larry Doolittle liep met hem mee naar de begane grond en Malko stapte in de Toyota, die voor de ambassade stond geparkeerd. Het was gloeiend heet en het kabaal van het verkeer was oorverdovend. De drukte deed hem aan Azië denken.
Zodra hij terug was in het Yak and Yeti begon hij het dossier te lezen dat het districtshoofd van de CIA hem had gegeven. Twee uur later wist hij het zeker: het onderzoek naar de slachting in het koninklijk paleis was gesaboteerd, of beter gezegd: er had nooit een behoorlijk onderzoek plaatsgevonden. De verklaring van de nieuwe koning Gyanendra was verbijsterend: hij had domweg tegenover de Nepalese pers verklaard dat het drama was veroorzaakt doordat een automatisch wapen vanzelf was afgegaan, waardoor verscheidene leden van de koninklijke familie waren gedood of gewond geraakt...
Malko bekeek de twee telefoonnummers die hij van Larry Doolittle had gekregen en belde het eerste. Een vrouwenstem zei meteen op verlegen toon: '*Namasté.*'
'Prinses Ketaki?' vroeg Malko.
'Ja, dat ben ik.'

'Ik ben prins Malko Linge,' zei Malko. 'Larry Doolittle heeft me gevraagd contact met u op te nemen. Ik voer voor het ministerie van Buitenlandse Zaken een onderzoek uit naar de gebeurtenissen van 1 juni. Kunnen we ergens afspreken?'
'Goed,' zei ze na een korte aarzeling. 'Waar?'
'Wilt u in mijn hotel komen lunchen, het Yak and Yeti?'
'Ik weet een leukere plek, aan Durbar Margh,' stelde ze voor. 'Het Nanglo. Op de eerste verdieping is een terras. Daar ben ik om één uur. Vraagt u de ober naar mij. Ze kennen me.'
Na te hebben opgehangen, vroeg Malko zich af of deze overlevende hem het geheim van die ongelooflijke slachting zou kunnen vertellen.

3

Het Nanglo was de Nepalese versie van een bistro. Houten tafeltjes stonden dicht op elkaar in de schaduw van enkele bananenbomen op een terras waarop het heel heet was. Je had er uitzicht op de Durbar Margh, een van de weinige verkeersaders die westers aandeden, met echte trottoirs – al waren ze voor het merendeel kapot – en winkels. De laan liep van het koninklijk paleis naar het ruiterstandbeeld van koning Mabendra, dat de rotonde domineerde waarop de tuk-tuks als gekken rondraasden.
Het was druk in het restaurant. Veel buitenlanders. Malko vroeg een ober naar prinses Ketaki, en hij wees naar een kleine vrouw met een zacht gezicht en grijs haar, die aan een tafeltje zat te roken. Toen hij naar de tafel liep, keek de Nepalese vrouw op, ze glimlachte en stak hem met een vreemde beweging haar hand toe. Alsof haar arm aan haar lichaam zat vastgeplakt.
'Neemt u me niet kwalijk,' zei ze verontschuldigend, 'ik ben door een kogel in mijn schouder getroffen en kan mijn arm nog niet goed bewegen. Ik doe oefeningen, maar het zal nooit meer worden zoals vroeger.'
Haar blik, die zowel zacht als intelligent was, was heel charmant. Ze keek Malko nieuwsgierig aan. 'Meneer Doolittle zei dat u die vreselijke gebeurtenis onderzoekt. Maar wat valt er nog over te zeggen?'

'Ik weet het niet,' moest Malko bekennen. 'Larry vertelde dat u een van de overlevenden van het bloedbad bent. U hebt veel geluk gehad.'
Prinses Ketaki glimlachte zwakjes, maar er schemerde een diepe bedroefdheid door. 'Ja, dat zeggen ze,' gaf ze toe. 'Ik heb slechts twee niet al te ernstige verwondingen, een in mijn schouder en een in mijn arm. Terwijl mijn zus op slag dood was...'
Ze zweeg, haar stem gebroken door emoties. Een ober was naar hun tafel gekomen en Malko vroeg de prinses wat ze wilde drinken.
'Is er cognac?' vroeg ze verlegen. 'Elke keer wanneer ik aan die avond en mijn arme zus denk, stort ik in.'
De ober had genoeg gehoord. Even later kwam hij terug met een blad met daarop een fles Otard XO-cognac en glazen. Ze bestelden ook meteen een maaltijd. De onvermijdelijke curry met lamsvlees was nog het best eetbare gerecht. Er stonden op de kaart ook nog enkele onduidelijke soorten vis, maar de meeste Nepalezen in het restaurant aten *dalbhat*, het nationale gerecht, dat bestond uit linzen, rijst en groenten.
Prinses Ketaki klemde haar vingers om haar cognacglas, alsof ze het wilde beschermen, en ze staarde met een lege blik voor zich uit. Malko wachtte tot ze zich op haar gemak voelde en vroeg toen: 'Kunt u me vertellen wat er op vrijdag 1 juni precies is gebeurd?'
'Natuurlijk,' zei de Nepalese prinses met haar zachte stem. 'Het was een avond als alle andere, waar ik alleen naartoe ben gegaan. Mijn Britse echtgenoot wordt niet in het paleis toegelaten. Hoewel ik met een buitenlander hertrouwd ben, hield koning Birendra nog veel van me en

bleef hij me regelmatig ontmoeten. Die avond was mijn neef, prins Dipendra, een van de eersten die ik zag. Hij leek in een uitstekend humeur te zijn, en nadat ik de koningin-moeder had begroet, vroeg hij me wat ik wilde drinken. De koning en koningin waren er toen nog niet.'
Ze vervolgde nauwkeurig haar verslag, zonder zichtbare emoties en alsof ze over een film vertelde. De Otard XO had zijn uitwerking gehad. Malko luisterde aandachtig, maar ze vertelde weinig over het bloedbad wat hij niet al uit het verslag wist dat Larry Doolittle hem had gegeven.
Intussen nam er naast hen een ander stel plaats. Een gewoon uitziende Nepalees met een fantastische vrouw. Als eerste viel haar mond met vuurrode, volle lippen op. Haar grote, donkere ogen werden door mascara benadrukt en haar pikzwarte haar, waarin ze een zonnebril had gezet, was naar achteren gekamd. Immense oorringen deden haar enigszins op een zigeunerin lijken. Toen ze glimlachend haar gezicht hun kant opdraaide, zag Malko dat ze volle, scherp afgetekende wenkbrauwen had. Haar blik was zelfverzekerd en uitdagend. Bijna een uitnodiging. Vreemd, in plaats van normaal te gaan zitten, had ze haar schoenen uitgetrokken en haar benen in kleermakerszit onder zich gevouwen. Ze droeg een blauwe sari die haar grote borsten omspande. Gedurende enkele tellen bleef ze Malko aankijken, maar toen gleed haar blik naar prinses Ketaki, tegen wie ze in het Nepalees enkele woorden sprak. Meteen maakte Malko van de gelegenheid gebruik. Aangetrokken door deze prachtige vrouw vroeg hij Ketaki: 'Kent u haar?'
De prinses lachte begripvol. 'Wie in Kathmandu kent Prativa Thapa níét? Ze is de onafhankelijkste vrouw van

Nepal. Ik ben ervan overtuigd dat ze u een heleboel zou kunnen vertellen over het leven hier...'
Ze had zó hard gepraat dat haar buurvrouw het had gehoord. Prativa Thapa wendde haar gezicht naar Malko en vroeg in uitstekend Engels: 'Bent u journalist?'
'Iets dergelijks,' zei hij. 'Eigenlijk ben ik voor een onderzoek in Kathmandu.'
Zonder zich iets van haar partner aan te trekken, haalde Prativa Thapa een visitekaartje uit haar tas en schreef er een telefoonnummer op. 'Belt u me,' zei ze slechts. 'Misschien kan ik u helpen.'
Malko nam het kaartje aan en wendde zich weer tot prinses Ketaki, die geamuseerd had toegekeken. Deze weelderige, onbekende vrouw, die de woorden 'pak me' in vurige letters op haar voorhoofd geschreven had staan, kon zijn verblijf misschien iets opvrolijken. Voorlopig zou hij eerst prinses Ketaki uithoren.
'Weet u zeker dat prins Dipendra degene was die heeft geschoten?' vroeg hij. 'Ik heb in verschillende kranten gelezen dat het misschien een dubbelganger was.'
De Nepalese schudde heftig haar hoofd. 'Onmogelijk! Ik ken hem al eeuwen. Het was hem echt.'
'Hoe wilt u zijn gedrag verklaren?'
Ze bleef hem aankijken. 'Dat kan ik niet,' bekende ze. 'Hij kon niet met zijn moeder opschieten, maar hij was gek op zijn vader en zijn kleine broertje. Maar hij heeft hen beiden doodgeschoten. Al die minuten waarin hij vanuit zijn heup bleef schieten, heeft hij geen woord gezegd. Hij deed me aan Yama denken, de god van de dood. Het was vreselijk – het enige geluid was dat van de schoten en de kreten van de mensen die vielen. Ik heb het

allemaal gezien, behalve zijn zelfmoord, toen hij de tuin in was gegaan, achtervolgd door zijn moeder en zijn kleine broertje. Hij heeft hen ook gedood voordat hij de hand aan zichzelf sloeg.'

Er viel een korte stilte.

Het was warm. De mensen aan het tafeltje naast dat van hen stonden op en de mooie Prativa wierp nog een laatste blik op Malko voordat ze in haar wapperende sari wegliep. Prinses Ketaki boog zich meteen naar hem toe. 'Ze is een beetje speciaal,' zei ze met zachte stem. 'Ze is de dochter van een ambassadeur, een heel goede familie. Ze is veel in het buitenland geweest en woont in Kathmandu als een westerling.' Ze ging nog zachter praten. 'Ze is dertig jaar oud en nooit getrouwd geweest.'

Dat was in haar ogen duidelijk een doodzonde. Malko glimlachte. 'Misschien houdt ze niet van mannen.'

Prinses Ketaki wierp hem een spottende blik toe. 'O, jawel. Ze heeft een heleboel minnaars gehad. In Kathmandu woont ze alleen. Ze schijnt een verhouding te hebben gehad met de ambassadeur van Australië, die ongetrouwd is en gek op haar was. Prativa gaat vaak met mannen naar bars of discotheken, om te dansen. Ze is heel vrij, een beetje lichtzinnig, maar kent alle kletspraatjes in Kathmandu.'

Malko zei bij zichzelf dat Prativa er met een beetje geluk binnenkort een minnaar bij zou hebben. Ze had haar belangstelling voor hem bepaald niet onder stoelen of banken gestoken. Helaas moest hij verder met zijn onderzoek.

'U denkt dus dat prins Dipendra zijn hele familie heeft vermoord omdat hij niet met de vrouw mocht trouwen van wie hij hield? Met die Devyani Rana?'

Prinses Ketaki lachte schel. 'Ik mocht ook niet met de man trouwen van wie ik hield, maar ik ben weggegaan. Natuurlijk heb ik daarmee mijn koninklijke titel verspeeld. Maar ik geloof niet in die verklaring. Zo sentimenteel was Dipendra niet. Hij hield van wapens, sport en vrouwen, en was een versierder die veel succes had. Naast Devyani had hij nog twee maîtresses.'

Kennelijk ging de liefde niet al te diep. Malko verbaasde zich steeds meer over de zaak. Wat kon een man van eenendertig jaar oud ertoe brengen zijn familie te vermoorden en daarna zelfmoord te plegen?

'Kwam er niemand tussenbeide?' vroeg hij. 'Er waren toch meer mensen in het paleis?'

'Niemand,' zei de Nepalese prinses. 'De wachtposten zaten kennelijk televisie te kijken. Vrijdag is er een populair satirisch programma. Dipendra had nooit zoveel wapens in zijn bungalow mogen hebben. Maar zijn vader, de koning, had hem de leiding gegeven over de paleiswacht, en niemand durfde hem tegen te spreken. Maar wie verwacht zoiets nou? Niemand.'

Net zoals niemand verwachtte dat je het World Trade Center kon laten instorten. De wereld was vol verrassingen. Ketaki pakte een sigaret en Malko gaf haar vuur met zijn gegraveerde Zippo, die hij op tafel liet liggen. De prinses rookte als een schoorsteen.

'Wat gebeurde er nadat hij voor de tweede keer was weggegaan?' vroeg Malko.

'In de biljartzaal niets,' zei prinses Ketaki. 'Kort nadat hij was vertrokken, hoorde ik één schot, even later gevolgd door twee lange salvo's, en nog even later weer één schot. Daarna kwam de paleiswacht binnen.'

‘U hoorde twee afzonderlijke schoten?’ vroeg Malko. ‘Dat is vreemd. Hoe legt u dat uit?’
‘Dat kan ik niet,’ zei ze. ‘Ze zeiden dat Dipendra zelfmoord had gepleegd door met zijn pistool een kogel door zijn hoofd te schieten.’
Niemand had het ooit over dat tweede schot gehad, en Malko zweeg enkele tellen. De prinses bleef gespannen, alsof ze nog meer op haar lever had. Plotseling zei ze: ‘Ik denk dat dat hele bloedbad vooraf beraamd is.’
‘Waarom?’
‘Aan het begin van de avond, toen alles nog normaal was, deed Dipendra of hij dronken was. Misschien probeerde hij zijn latere plannen te verbergen.’
‘Maar waarom heeft hij dan zelfmoord gepleegd?’
De Nepalese prinses haalde haar schouders op. ‘Misschien was hij dat eerst helemaal niet van plan en wilde hij alleen de koning vermoorden. Toen hij daarna de ernst van zijn daad inzag, heeft hij amok gemaakt. Ik had de indruk dat hij alle getuigen van zijn daden uit de weg wilde ruimen.’
‘Hij heeft er een paar gespaard.’
‘Ja, maar wie weet wat er zich in zijn hoofd heeft afgespeeld. Hij is dood, en we zullen nooit de waarheid kunnen achterhalen.’
‘En zijn verloofde, Devyani Rana?’
Prinses Ketaki reageerde nonchalant en zei met een minzame glimlach: ‘Ze is meteen naar Delhi vertrokken, zelfs zonder zijn begrafenis af te wachten. Het ging haar alleen om zijn titel.’
Het restaurant begon leeg te lopen. Prinses Ketaki drukte haar sigaret uit in de asbak en slaakte een zucht. ‘Ik moet gaan. Wanneer ik u nog een keer kan helpen...’

Ze stond op. Ze was echt heel klein, bijna een dwerg, en heel tenger. De obers vouwden zich bijna dubbel wanneer ze langskwam. Tradities sleten langzaam. Op Durbar Margh namen ze afscheid van elkaar en Malko ging lopend naar het Yak and Yeti. Bijna elke maand werd er wel ergens op de wereld iemand gek en vermoordde zomaar allerlei mensen om zich heen. In elk geval leek verder iedereen in Kathmandu het drama van 1 juni te zijn vergeten. De hal van het Yak and Yeti lag er bijna verlaten bij, op een stelletje na dat in de stoelen van de tearoom zat te praten: een jonge, levendige, donkere man en een prachtige blondine in een witte trui en een pantalon. Haar porseleinblauwe ogen en het helblonde haar duidden erop dat ze een Britse moest zijn. Maar toen ze langs Malko liep om iets bij de receptie te halen, tekende zich onder de blauwe stof van haar broek duidelijk een string af, wat niet geheel normaal was voor een nette, Britse vrouw...

De man die hem voor de ingang van de afdeling Defensie van de ambassade van Groot-Brittannië begroette, glimlachte breeduit. Hij was degene die hij in het Yak and Yeti met de blondine met de blauwe ogen had gezien: Andrew Teck, de vertegenwoordiger van MI6 in Nepal. Hij leek wel een klein beetje op Tony Blair, met zijn verscheurende glimlach en fonkelende, zelfverzekerde, verleidelijke blik. Hij was gekleed in een grijs ruitjespak en zag er op en top uit als een gentleman, en hij reageerde een tikje neerbuigend op alles wat niets met zijne koninklijke majesteit te maken had. Een keurige Gurkha, die eruitzag als om door een ringetje te halen, salueerde kort. Daarvan wemelde het in de ambassade. Andrew Teck bracht Malko naar

een leeg kantoor, waar een andere Gurkha een blad met thee had neergezet.
Andrew Teck was heel spraakzaam en vertelde over Nepal, terwijl hij Malko bleef aankijken. Terwijl hij thee inschonk, zei hij: 'Ik geloof dat ik u in het Yak en Yeti heb gezien. Ik was daar uitgenodigd door een jonge journaliste van de BBC, die een artikel over Nepal schrijft. Een heel charmante dame.'
Hij lachte met een blik van verstandhouding, maar ging er verder niet over door.
'Inderdaad,' zei Malko. 'Ik heb trouwens uw verslag gelezen. Dat is heel interessant en compleet.'
Andrew Teck werd meteen ernstig. 'Het was een vreselijk drama,' zei hij. 'Binnen de familie bestaan veel incestueuze verhoudingen, en soms loopt het daardoor uit de hand. Ik kende de jonge kroonprins persoonlijk. Echt een heel aardige knaap. Heel sportief. Hij bereidde zich erop voor de plaats van zijn vader over te nemen wanneer het moment daar zou zijn. Hij heeft ook een goede loopbaan op Sandhurst achter de rug, al wist hij wel raad met de fles. En toen ontmoette hij die vrouw...'
Hij zweeg even toen hij een slok thee nam.
'Welke vrouw?' vroeg Malko.
'Devyani Rana,' zei de agent van MI6. 'Uit een uitstekende familie. Ze is heel knap en heel elegant, maar ook ambitieus,' voegde hij er met een verwijfde glimlach aan toe. 'Ze wilde koningin van Nepal worden.'
'En toen?' vroeg Malko.
De Brit boog zich naar hem toe, alsof hij hem een groot geheim wilde toevertrouwen. 'Dat wilde de koningin niet. Iets duisters in de familie. Ze had Dipendra gewaarschuwd

dat hij als hij met die Indiase vrouw zou trouwen, zijn rechten op de troon zou verspelen.'
Hij zweeg met opeengeklemde kaken. Toen vervolgde hij knikkend: 'Op de dag van het verschrikkelijke drama heeft Dipendra verscheidene keren met... die vrouw gebeld.' Malko dacht even dat hij 'dat mens' zou zeggen. 'Hij smeekte haar toch met hem te trouwen, ook wanneer hij van de troon zou afzien, maar dat weigerde ze.'
'Hoe weet u dat?' vroeg Malko verbaasd.
Andrew Teck lachte bescheiden. 'Mijn beste Malko, we hebben veel vrienden in het paleis. Onder andere de Gurkha's. Die zijn allemaal door ons opgeleid. Ik heb de dag na het drama met Kumar Dixit gepraat, de adjudant van prins Dipendra. Hij was diep geschokt. Voordat de prins zich bij zijn familie had gevoegd, had hij hem toevertrouwd dat hij wanhopig was en niet verder wilde leven wanneer hij Devyani zou verliezen. Hij was gaan drinken en had ganja gerookt om zijn verdriet te verdrijven.'
Malko moest er bijna om huilen. Het leek wel een kasteelromannetje. Een mooie liefdesgeschiedenis die slecht afliep. 'Heeft prins Dipendra dan echt uit liefdesverdriet zelfmoord gepleegd, na een groot deel van zijn familie te hebben vermoord?' hield hij vol.
De man van MI6 knikte heftig. 'Zeker. Hij was trouwens op de dag van het drama met zijn ouders op bezoek geweest bij Nayan Raj Pandey, de koninklijke goeroe die zojuist met pensioen is gegaan. Ze hadden samen theegedronken. Hij wilde zijn probleem aan hem voorleggen, in de hoop dat de goeroe zijn zaak bij de koningin, zijn moeder, zou bepleiten. Helaas gaf de man haar gelijk, wat de prins nog wanhopiger maakte.'

'Is dat genoeg om van hem een moordenaar te maken?'
'Nou,' zei de Brit, 'vlak voor het diner heeft Dipendra aan zijn adjudant gevraagd een heel sterke joint voor hem te maken. Een mengeling van ganja en cocaïne. Ik denk dat hij daarvan is doorgedraaid. Kort daarna is hij naar zijn kamer gegaan om de wapens te halen waarmee hij het bloedbad heeft aangericht. Echt schokkend.'
De Brit klonk heel overtuigend en Malko vroeg zich af waarom hij naar Nepal was gestuurd. Andrew Teck glimlachte hem vriendelijk toe, alsof hij zijn gedachten kon lezen. 'Larry heeft me verteld wat er is gebeurd. De Amerikanen mochten koning Birendra graag, en na dit drama hebben ze zich van alles in hun hoofd gehaald. Ze weten dat Larry, met Tibet erbij, geen tijd heeft om zich met de zaak bezig te houden. En op het moment vertrouwen ze niemand meer. Toch hebben we veel moeite gedaan om deze zaak op te lossen. Van Kumar Dixit heb ik uitgebreid informatie gekregen. Hij was degene die prins Dipendra in de tuin aantrof.'
'Heeft de prins een kogel door zijn hoofd geschoten?'
'Inderdaad, door zijn slaap. Hij heeft drie dagen in coma gelegen, zonder nog bij bewustzijn te komen.'
Malko wilde er bijna over beginnen dat prinses Ketaki twéé schoten had gehoord, maar hij hield zich in. Ze zou zich kunnen hebben vergist. Hij voelde zich een beetje belachelijk bij deze vrolijke man, die, ondanks zijn overdreven beleefdheid, de Amerikanen duidelijk lomp vond. Hij wilde nog één ding vragen: 'Die adjudant, zou ik hem kunnen spreken, zodat ik aan Langley kan doorgeven dat de zaak geheel is opgehelderd?'
'Natuurlijk,' antwoordde Andrew Teck meteen. 'Ik ken

hem vrij goed en heb hem vorige maand nog op het Gurkha-bal gezien. Ik denk dat hij wel met u zal willen praten, wanneer ik het hem vraag. Ik zal het verzoek indienen bij de stafchef van het Nepalese leger, generaal Sadip Shah. Kumar Dixit heeft zijn Gurkha-eenheid in een kazerne in het oosten van de stad gelegerd. Natuurlijk mag niemand het weten...'
'Natuurlijk niet,' verzekerde Malko hem.
De Brit stond op. 'Ik bel u morgenochtend.'

Teleurgesteld werkte Malko zich in zijn Toyota door het waanzinnig drukke verkeer op de Lazimpatlaan. En hiervoor had hij nou zestien uur in het vliegtuig gezeten! De verklaring van de man van MI6 klonk zeer aannemelijk. Sinds Bin Laden zag de CIA overal samenzweringen. In het hotel belde hij Prativa Thapa op, maar er werd niet opgenomen. Hij kreeg zelfs geen voicemail. Teleurgesteld ging hij naar de bar, waar een pianist in rok Weense walsen speelde. Tot zijn grote verbazing trof hij er de Britse journaliste aan die hij met Andrew Teck had gezien. Ze begroette hem met een stralende glimlach.
'U bent een vriend van Andrew Teck, nietwaar?' vroeg ze met een heerlijk Oxford-accent.
'Ik ken hem,' zei Malko. 'Hoe weet u dat?'
Ze lachte helder. 'O, hij heeft me zo-even gebeld en vertelde over u. U viel me op, want u keek me zo vreemd aan...'
'Ik vond u er fantastisch uitzien,' antwoordde Malko. 'Wat doet u in Kathmandu?'
Ze stak hem haar hand toe. 'Ik heet Anna Dickens en werk voor een televisiestation. We maken een programma over

het bloedbad in het paleis. Een vreselijk liefdesdrama. Een prins die zijn hele familie doodt omdat hij niet met de vrouw mag trouwen van wie hij houdt. Dat is heel romantisch.'
In haar blauwe ogen stond een vochtige blik. Malko zag hoe haar grote borsten de witte stof van haar trui deden opbollen. Een ander soort romantiek. Haar blik betrok.
'Nu kijkt u wéér zo vreemd naar me.'
'Zullen we vanavond samen gaan eten?' vroeg hij.
Anna Dickens keek spijtig, maar op een komische manier.
'O, dat lijkt me heerlijk, maar ik heb al een afspraak met een Nepalese journalist. Morgen, misschien?'
'Met alle plezier,' antwoordde Malko.

De schelle stem van Andrew Teck rukte Malko uit zijn slaap. Hij was om zes uur 's morgens eindelijk in slaap gevallen.
'U kunt de persoon in kwestie om tien uur op mijn kantoor spreken,' zei de Brit. 'Daarna vertrekt hij uit Kathmandu, en dan wordt het moeilijk om nog met hem in contact te komen.'
'Ik kom eraan,' beloofde Malko, waarna hij onder de douche stapte.
Voordat hij vertrok, koos hij het nummer van de mooie Prativa Thapa. Hij had geluk, en een vrouwenstem nam op.
'*Nomasté*.'
'Ik heb u gistermiddag met prinses Ketaki in het restaurant ontmoet,' herinnerde Malko haar.
Even bleef het stil, maar toen barstte de jonge vrouw in lachen uit. 'O ja, dat is waar. Ik had niet verwacht dat u

me zou bellen. Ze zal u wel vreselijke dingen over mij hebben verteld.'
'Waarom zou ze?'
'Ze is heel ouderwets. Wat kan ik voor u doen?'
'Met me lunchen,' stelde Malko voor.
'Onmogelijk. Ik ben de hele dag met een vakbond op stap. Maar vanavond kan ik wel.'
Hij had de blonde Anna Dickens al beloofd met haar te gaan eten, maar werk ging vóór plezier. 'Uitstekend,' zei hij. 'Waar spreken we af?'
'Hebt u een chauffeur?'
'Ja.'
'Komt u me dan om halfacht ophalen. Ik zal uw chauffeur door de telefoon uitleggen waar ik woon. Ik heb zelf geen auto. Dat is te duur. De invoerrechten hier zijn 150 procent.'
'Tot vanavond dan,' zei Malko.
Een tragisch dilemma. Bij de receptie liet hij een bericht voor Anna Dickens achter, waarin hij zich verontschuldigde en voorstelde de afspraak een dag uit te stellen. Vijf minuten later reed hij hobbelend over de slecht onderhouden wegen van de stad. De Gurkha die voor de ingang van de Britse ambassade op wacht stond, had nu kennelijk instructies gekregen, want hij liet de Toyota het park binnenrijden. Een tweede Gurkha bracht Malko naar een kantoor van de afdeling Defensie.
'Kom binnen,' riep Andrew Teck schel.
Malko liep een kantoor in dat er iets meer ingericht uitzag, met landkaarten, waaronder een van Tibet, en enkele jachttaferelen aan de muren. Tegenover de Brit zat een man in burger, die haastig, stijf als een beroepsmilitair,

opstond. De man van MI6 stelde hen aan elkaar voor. 'Majoor Kumar Dixit, prins Malko Linge, een Amerikaanse vriend die belangstelling heeft voor het drama van de eerste juni.'

De Nepalese officier glimlachte verlegen. Hij had wel iets weg van de jonge prins, met zijn hangsnor en enigszins pafferige gezicht en had ook iets onbeholpens. Andrew Teck vroeg op vriendelijke toon: 'Majoor, wilt u tegenover meneer Linge herhalen wat u over de gebeurtenissen van die avond weet en met uw eigen ogen hebt gezien? Het blijft natuurlijk onder ons.'

Majoor Dixit wachtte even, maar toen begon hij aarzelend: 'Ik ben... Ik was al bijna vier jaar de adjudant van zijne koninklijke hoogheid prins Dipendra en zorgde de hele dag voor hem. Als hij wilde, ging ik overal naartoe met hem mee, ik regelde zijn sociale leven en waakte over zijn privé-leven.' Hij glimlachte weer. 'Ik maakte zelfs zijn ganjasigaretten klaar en daar was hij me heel dankbaar voor. Die avond had hij me trouwens gevraagd een heel sterke klaar te maken.'

'Wanneer?' vroeg Malko.

'Vlak voor het diner. Hij heeft hem op zijn bed in zijn bungalow gerookt, vlak bij de telefoon. Hij verwachtte te worden gebeld. Toen hij naar het diner ging, ben ik weggegaan. Ik ging, zoals me was opgedragen, naar de andere adjudanten in onze ontspanningsruimte. Elke vrijdag is er op televisie een satirisch programma dat ik wilde zien. Pas twee uur later hoorde ik gedempte schoten. Daar schrok ik niet van. Soms schiet prins Dipendra of prins Bahadur voor de lol op het bamboe in het park. Tot een kok op de deur van onze zaal bonsde om te zeggen dat er ín de biljartzaal werd geschoten. We zijn er onmiddellijk naartoe gegaan.'

'En toen?'

De Nepalese officier veegde met zijn hand over zijn gezicht, alsof hij een vreselijke herinnering wilde wegvagen.

'Toen ik bij de ingang van de biljartzaal kwam, zag ik drie mensen naar buiten komen. Eerst prins Dipendra en even later zijn moeder, de koningin, en zijn jongere broer, Nirajan. Prins Dipendra liep naar de buitentrap van zijn bungalow. Ik hoorde hare majesteit de koningin naar hem roepen. Hij draaide zich om en toen gebeurde er iets vreselijks. Hij richtte zijn M16 op haar en loste een salvo. Het hoofd van hare majesteit spatte letterlijk uit elkaar en ze viel als een blok neer.'

Hij zweette. Andrew Teck keek hem met een ernstige blik aan. Met een gebaar maande hij hem aan door te gaan.

'Daarna,' zei Kumar Dixit, 'rende de jonge prins Nirajan naar zijn broer. Die richtte zijn M16 op hem en opende het vuur. Er kwam geen einde aan. Ik zag de kogels in zijn lichaam inslaan. Hij deinsde onder de inslagen achteruit en kreeg zelfs de tijd niet om te gillen. Hij viel ook op de grond. Het magazijn van de M16 was leeg. Prins Dipendra gooide het weg en bleef even onbeweeglijk op de trap staan. Toen kwam hij naar beneden en liep mijn kant op. Ik was doodsbang en vreesde dat hij mij ook zou doodschieten. Daarom riep ik: "Majesteit, wat hebt u gedaan?"'

'U probeerde hem niet uit te schakelen?' vroeg Malko. 'U hebt niet op hem geschoten?'

Majoor Dixit keek hem geschokt aan en stamelde: 'Op hem schieten! Maar hij was de kroonprins! Dat was onmogelijk.'

'Hij had zojuist zijn moeder, de koningin, en zijn broer voor uw ogen vermoord,' bracht Malko daartegenin.
De Nepalese officier schudde zijn hoofd, zonder hem aan te kijken, en zei opnieuw: 'Hij was de kroonprins.'
Andrew Teck kwam hem te hulp. 'In Nepal koestert men groot respect voor de koninklijke familie,' zei hij. 'Ze zijn goden...'
Heel gewelddadige goden.
'Wat gebeurde er verder?' vroeg Malko.
De majoor snoof. 'Prins Dipendra deed een paar stappen, alsof hij me niet zag. Toen bleef hij staan en haalde een pistool uit zijn zak. Zijn eigen 9-millimeter Glock. Voordat ik iets kon doen, zette hij het wapen tegen zijn linkerslaap en schoot. Hij viel op zijn rug op het gras en het pistool viel in het water van een vijver.'
'Hebt u het gepakt?'
Majoor Dixit schudde zijn hoofd. 'Nee, ik zag dat de prins nog leefde, dus heb ik om hulp geroepen. Ik heb ervoor gezorgd dat hij naar het militair hospitaal werd gebracht. Daarna heb ik een heleboel mensen gebeld. Prins Gyanendra, die in Pokhara was, moest op de hoogte worden gesteld. Midden in de nacht is hij per helikopter aangekomen.'
'Bent u daarna terug naar het paleis gegaan?'
'Nee, dat niet. Het was ons verboden het paleis binnen te gaan of met iemand over de zaak te praten.'
'Weet u wat er met de Glock is gebeurd?'
'Nee, meneer.'
Er viel een stilte. Het was onbelangrijk wat er met het pistool was gebeurd. Malko ging in op een detail: 'Was prins Dipendra links?'

'Ik had hem geleerd met beide handen te schieten,' antwoordde de officier.
Andrew Teck schraapte zijn keel en keek opvallend op zijn horloge. 'Ik heb dadelijk een afspraak,' zei hij. 'Hebt u nog meer vragen?'
'Nee,' zei Malko. 'Nu niet.'
Binnen dertig seconden stonden ze buiten. Majoor Kumar Dixit klakte met zijn hielen, strak als een piketpaal. Zijn donkere blik ontweek die van Malko. Andrew Teck liep met Malko mee naar zijn auto en zei: 'Hij is een ooggetuige. Ik denk dat u geen betere had kunnen vinden. Als de Nepalezen zouden weten dat u hem hebt gesproken, zouden ze woedend worden. Ze zijn heel achterdochtig.'
'Dank u,' zei Malko. 'Ik denk dat hiermee een einde komt aan mijn onderzoek.'
Andrew Teck barstte in lachen uit. 'Blijft u toch tot donderdag! Dan is er een soiree op de Australische ambassade. Ze hebben uitstekende gin en er zijn altijd een heleboel mooie vrouwen. Als ze drinken, worden de Nepalezen heel vrij...'

De Toyota schampte de lemen muren van de huizen die aan de smalle, ongeplaveide straat lagen in de wijk Guiridhore, in het noordoosten van Kathmandu. Malko's chauffeur stapte uit en verdween door een houten deur. Vijf minuten later zag Malko een oranje sari naar buiten komen, en Prativa Thapa stapte naast hem in. Er ging een rilling door zijn lichaam: de jonge Nepalese had zich opgemaakt en geparfumeerd als de koningin van Saba. Haar enorme mond leek nóg groter en ze had haar dikke wenkbrauwen extra aangezet. Een zijden bolero omspande

haar zware borsten met grote tepels. Tussen de bolero en de om het middel van de jonge vrouw gewikkelde sari was een strook donkere huid te zien. 'U ziet er fantastisch uit,' zei hij.
Prativa keek hem met een gloeiende, dwingende en geladen blik aan. Omdat het een kleine auto was, zaten ze tegen elkaar aan. 'Dank u,' zei ze. 'Ik heb me voor u mooi gemaakt. Meestal trek ik een minirok aan wanneer ik uitga, maar ik dacht dat u een sari wel mooier zou vinden.'
'Waar wilt u gaan eten?' vroeg hij.
'Bij Chez Caroline,' zei ze zonder te aarzelen. 'Het enige Franse restaurant in Kathmandu. Het doet me aan Europa denken.'
Ze gaf de chauffeur instructies en algauw verlieten ze het labyrint van smalle straatjes in zuidelijke richting. Het restaurant lag in een gloednieuw winkelcentrum, dat was gebouwd in de stijl van het oude Singha-Durbarpaleis. Het had een gewelfd plafond, er stonden bistrotafeltjes en er was een echt podium. Verder was het vrijwel leeg.
'Wat wilt u drinken?' vroeg Malko.
Prativa Thapa keek hem met een verlegen glimlach aan. 'Zou ik champagne kunnen krijgen? Die heb ik al heel lang niet gedronken. Hier is hij heel duur.'
Malko lachte. Bij vijfenzeventig roepie voor een dollar was niets in Nepal echt duur. Toch reageerde de ober verrast op zijn bestelling. Hij kwam terug met een enigszins stoffige fles Taittinger Comtes de Champagne Blanc de Blancs millésimé 1995. Prativa's ogen fonkelden. De plof van de kurk die de lucht in schoot verhoogde haar plezier nog meer. Ze dronk plechtig en zette daarna haar flûte neer. 'Heerlijk,' zei ze zuchtend.

Het eten daarentegen, dat theoretisch Frans zou moeten zijn, was erbarmelijk. De gebraden lamsbout had beslist eerst de Everest beklommen voordat het dier was geslacht. Gelukkig hadden ze volop Taittinger en als toetje verse mango's. Prativa's ogen fonkelden als sterren. Ze pakte de kurk van de champagnefles en borg hem met een ondeugende glimlach op in haar tas. 'Die bewaar ik als herinnering.'

Roerend. Hun blikken kruisten zich. Ze leek onrustig te zijn.

'Wat is er?' vroeg Malko.

'Weet u waarom ik de vorige keer in het restaurant naar u glimlachte?'

'Nee.'

'Vanwege uw ogen. In Tibet staat een boeddha met gouden ogen, net als u. Ik had zoiets nog nooit gezien.'

Ze ging meer rechtop zitten, alsof ze uit een droom ontwaakte, en vroeg: 'Wat had u me eigenlijk willen vragen?'

'Niets meer,' bekende Malko. 'Sinds onze vorige ontmoeting ben ik een heleboel te weten gekomen. Ik heb zelfs iemand gesproken die heeft gezien hoe prins Dipendra zelfmoord heeft gepleegd, na zijn familie te hebben afgeslacht.'

Prativa barstte in lachen uit. 'Dan liegt hij.'

'Waarom?'

'Omdat Dipendra geen zelfmoord heeft gepleegd. Hij is vermóórd.'

4

Eerst dacht Malko dat het aan de Taittinger lag, maar toen maakte Prativa Thapa op ernstige toon duidelijk dat ze geen grapje maakte, waarmee ze een ernstig probleem schiep.
'Ik heb vandaag zelfs de adjudant van prins Dipendra ontmoet, en die heeft gezien dat hij zelfmoord heeft gepleegd.'
Prativa dacht enkele seconden na. 'Wilt u majoor Kumar Dixit nog eens spreken?'
'Ja. Kent u hem?'
'Vaag. Waar hebt u hem ontmoet?'
'Bij vrienden,' zei Malko voorzichtig.
'Vreemd,' zei ze. 'Ik heb gehoord dat hij in het geheim onder streng arrest staat in het militaire kamp Channi, in het westen van de stad. Onbereikbaar. Weet u zeker dat hij het was?'
Daarover had Malko zich natuurlijk niet druk gemaakt, maar waarom zou de man van MI6, een bondgenoot van de Amerikanen, hem een verhaal op de mouw hebben gespeld? Prativa was aan haar mango begonnen en voegde er intussen aan toe: 'In deze zaak heeft van begin af aan iedereen gelogen. Koning Gyanendra zei eerst dat het een ongeluk was met een automatisch wapen dat vanzelf was afgegaan. Daarna publiceerde de onderzoekscommissie

een verslag vol met tegenstellingen en onwaarschijnlijkheden. Vlakbij de biljartzaal bevonden zich zelfs verscheidene adjudanten. Waarom kwamen zij niet in actie toen ze schoten hoorden? Bovendien is er bij geen enkel slachtoffer autopsie uitgevoerd, noch is er ballistisch onderzoek gedaan. Het pistool waarmee Dipendra zelfmoord zou hebben gepleegd, is nooit gevonden. Verder heeft er in het paleis geen enkel onafhankelijk onderzoek plaatsgevonden. Na het drama zijn alle adjudanten die dienst deden in het koninklijk paleis zonder enige verklaring verdwenen. Het is geen enkele Nepalese journalist gelukt in contact met hen te komen. De officieren van het Nepalese leger weigeren te zeggen waar ze zijn en beweren dat ze naar hun oorspronkelijke legerbases zijn teruggegaan, behalve degenen tegen wie een aanklacht wegens nalatigheid loopt. Zoals Kumar Dixit.'

'Waarom die muur van stilzwijgen?'

'Ik weet het niet,' moest Prativa bekennen. 'Ik doe niet aan politiek. Ik denk ook dat de koningin-moeder een heleboel weet. Na het drama verklaarde ze: "Hij heeft de aanslag al heel lang voorbereid."'

'Wat betekent dat?'

'Dipendra wilde koning worden,' zei de jonge vrouw slechts. 'Hij was een actieve jongen en vond koning Birendra te slap. Binnen de familie bestaat een lange traditie van moorden. Op die manier is het geslacht Rana aan de macht gekomen.'

'Ik dacht dat het om een liefdesgeschiedenis ging,' merkte Malko op.

Prativa keek hem geamuseerd aan. 'Evenals zijn neef Bahadur gebruikte hij vrouwen naar eigen goeddunken,

meer niet.’
‘Zo-even zei u dat hij is vermoord. Hoe weet u dat?’
De Nepalese glimlachte geheimzinnig. ‘Van iemand die het écht weet. Misschien de enige die het zeker kan weten.’
‘En weet hij misschien ook wíé hem heeft vermoord?’
Prativa schudde haar hoofd. ‘Nee, dat weet niemand. Het gebeurde in het paleis, en dat is een compleet andere wereld.’
Ze schoof haar bord opzij en keek Malko langdurig aan. Plotseling straalde ze weer een en al sensualiteit uit en ze wilde duidelijk op een ander onderwerp overgaan.
‘Kunt u me niet zeggen wie u die informatie heeft gegeven?’ drong Malko toch aan.
‘Ik wil niet jong sterven,’ antwoordde Prativa glimlachend. ‘Ik hou van het leven, zelfs al is dat in Nepal niet altijd even leuk. Zal ik u Kathmandu bij nacht laten zien?’
‘Graag,’ antwoordde Malko.

In het maanlicht leek het Hyatt-hotel, met de enorme esplanade die ervoor lag, op een verlaten sciencefictionpaleis. Het Hyatt lag ten oosten van het centrum, bijna op het platteland, en het was gloednieuw en veel te luxueus. En vrijwel leeg.
Prativa en Malko liepen een grote, lege hal in, waarin het enige geluid dat van hun voetstappen was die langs het marmer galmden. De Nepalese vrouw bracht Malko naar een trap die naar het midden van de aarde leek af te dalen.
‘Ik zal u de beste discotheek van Kathmandu laten zien,’ zei ze.
Op het eerste gezicht was er niets wat daarop leek... Hal-

verwege begonnen ze muziek te horen, en toen kwamen ze een uiterst modern ingerichte nachtclub binnen, die vrijwel leeg was. Op een podium achter de bar speelde een jazzband voor een handvol gasten die in een donkere box zaten. Prativa wees lachend naar een Nepalees opschrift. 'Dat betekent: "Verboden ganja in deze gelegenheid te roken",' zei ze. 'Maar niemand trekt zich daar iets van aan.'

Alsof ze haar bedoelingen wilde benadrukken, haalde ze een enorme joint uit haar tas. 'Hebt u vuur?' vroeg ze met een uitdagende glimlach.

Snel pakte Malko zijn gegraveerde Zippo en stak de joint aan, die zo groot was als een sigaar. Prativa zoog de rook in en blies hem langzaam uit. 'Dat is lekker. Gaan we verder met champagne?'

Dit was niet het moment om tegen haar in te gaan. Malko was vastbesloten de naam van haar 'bron' uit haar te persen. Vijf minuten later zette een ober, die diep ontzag koesterde voor zo'n belangrijke klant, een fles Taittinger Comtes de Champagne op tafel die heel wat minder stoffig was dan die in Chez Caroline. Hij liep weg en deed alsof hij de rook van de joint niet had gezien.

Prativa dronk gulzig en leegde snel twee glazen. Ze wiegde mee op het ritme van de muziek, en haar gedachten waren duidelijk ver van het koninklijke bloedbad. Bij Malko was het anders. Want als de jonge vrouw de waarheid sprak, klopten de verdenkingen van Langley, wat bovendien een onaangenaam en onvoorzien feit naar voren bracht: de rol van hun Britse 'neven'. Die hadden Malko opzettelijk op een vals spoor gezet. Als Andrew Teck tenminste niet door de Nepalezen werd gemanipuleerd.

'Zullen we gaan dansen?' stelde Prativa voor, Malko uit zijn overpeinzingen rukkend.
Er dansten al twee stelletjes op de dansvloer. De meisjes droegen spijkerbroeken. Er werd een trage blues gespeeld en Prativa liet zich soepel in Malko's armen glijden. De zijde was zó dun, dat Malko alle welvingen van haar lichaam kon voelen. Haar grote borsten drukten tegen het alpaca van zijn jasje. Hij legde zijn hand op de naakte huid tussen de bolero en de lange rok, en meteen drukte Prativa zich steviger tegen hem aan. Hun gezichten raakten elkaar bijna en hij voelde de opwelling in zich opkomen zijn mond op haar rode, opgezwollen lippen te drukken. Maar hij moest zich beheersen. Ook al werd er ganja getolereerd, dan gold dat waarschijnlijk nog niet voor openbare vrijages. Het paar naast hen danste keurig op een meter afstand van elkaar. Een van de danseressen wierp een woedende blik op Prativa, die zich onbeschaamd tegen Malko aandrukte, die zelfs zonder ganja ook opgewarmd begon te raken. Deze reactie kon zijn partner niet ontgaan.
De blues maakte plaats voor een sneller nummer, en heupwiegend keerde Prativa terug naar hun box. Malko vulde haar glas opnieuw. Ze dronk langzaam, genietend van de Taittinger, voordat ze argeloos vroeg: 'Schaamt u zich niet voor me?'
Haar ogen fonkelden in de schaduw, en ze zag er vreselijk opwindend uit met haar enorme, opgeschilderde mond en haar grote borsten, die iets te snel op en neer gingen.
'Vanwege de ganja?' vroeg Malko. 'Natuurlijk niet, maar ik wil graag weten wie u heeft verteld dat prins Dipendra geen zelfmoord heeft gepleegd.'

Ze blies de rook langzaam uit. 'Straks, misschien. Vanavond wil ik me ontspannen.'
Hij keek naar de glimmende ringen die ze om bijna alle vingers van haar handen droeg. 'U houdt van gekleurde stenen,' merkte hij op.
Prativa Thapa keek naar haar handen. 'Ja, maar het is vooral om me tegen slechte astrologische invloeden te beschermen. Elke kleur staat voor een planeet. Groen is Saturnus, rood Venus en geel Mars. Dat doet iedereen. In Nepal zijn we heel bijgelovig. Er bestaan zoveel onzichtbare invloeden. De goeroes hadden voor dit jaar trouwens een rampzalige gebeurtenis voorspeld.'
Er waren nog meer stelletjes binnengekomen, en het zag er nu iets minder doods uit. Ze schonken de glazen weer vol. Door het kabaal was praten moeilijk. Even later drukte Prativa de peuk van haar joint uit in de asbak en stelde ze voor: 'Zullen we teruggaan?'
Ze stond al. Malko legde een dikke stapel roepies op tafel en ging achter haar aan. Ze liep met uitdagend wiegende heupen de wenteltrap op. De chauffeur van de Toyota zat achter het stuur te slapen. Prativa zei enkele woorden tegen hem, waarop hij vol gas door de verlaten straten wegstoof. Na tien uur 's avonds leek Kathmandu een spookstad. Op een paar controleposten van de politie na was er niemand te zien. Plotseling reed de chauffeur een donkere steeg in en toen herkende Malko het straatje waarin de jonge vrouw woonde. Ze stopten voor haar huis en met een heel normaal klinkende stem stelde Prativa voor: 'Stuur de chauffeur terug. U kunt een taxi naar het hotel nemen.'

Prativa Thapa woonde in een appartement op de eerste verdieping van een saaie villa die midden in een braakliggende tuin lag. Toen ze het licht aandeed, zag Malko een kleine woonkamer met twee banken. Aan de muren hingen schilderijen en op de vloer lagen Tibetaanse tapijten. 'Gaat u zitten,' stelde ze voor, en ze wees naar een grote bank met kussens.

Ze stak stokjes wierook aan, die in kleine vaasjes stonden, en zette vreemde muziek op, die Malko onbekend in de oren klonk. Toen verdween ze even, om met een flacon terug te komen. 'Ik zal u het Nepalese "gif" laten proeven,' zei ze glimlachend.

Het leek op Japanse saké. Prativa nam twee grote slokken en ging toen in kleermakerszit tegenover Malko zitten. Even luisterden ze naar de muziek. Toen kwam de jonge vrouw langzaam in beweging. Eerst schommelde ze zachtjes met haar hoofd heen en weer, maar al snel begon ze langzaam, met gesloten ogen, met haar lichaam te wiegen. Toen ze haar oogleden iets opende, voelde Malko een rilling door zijn lichaam gaan: in haar donkere ogen leek een inwendig vuur te branden. Prativa keek hem gehypnotiseerd aan. Plotseling liet ze de sari van haar schouders glijden en zat ze alleen nog in haar bolero, die onder de druk van haar borsten leek open te scheuren. Haar grote tepels tekenden zich scherp af onder de dunne zijde. Met rechte rug wiegde Prativa met haar schouders heen en weer. Malko kreeg er een droge mond van. Langzaam begon ze met haar geringde vingers de zijden stof van de bolero te strelen, alsof ze haar borsten nog verder wilde laten opzwellen. Ze bleef Malko strak aankijken en hij hoefde zijn hand maar uit te steken om haar aan te raken.

De spanning werd hem te veel. Hij streelde haar harde tepels door de zijde heen. Prativa schrok op. 'Zachtjes,' zei ze. 'Heel zachtjes.'
Hij deed wat ze vroeg. Hij liet zijn vingers om de tepels heen draaien en gleed toen omlaag. Prativa haalde hijgend adem, terwijl ze Malko strak bleef aankijken. Plotseling pakte ze zijn handen beet en ze drukte ze midden op haar bolero. Hij voelde de haakjes onder zijn vingers en begreep wat ze van hem verwachtte. Een voor een maakte hij de haakjes los, waarop de bolero onder de druk van haar borsten openpuilde. Ze kwamen vrijwel geheel bloot. Ze waren zwaar, stevig, met een koperkleurige huid en ze hingen iets. Met een sierlijke beweging van haar schouders trok Prativa de bolero helemaal uit. Ze liet Malko even met haar borsten spelen, maar week toen iets terug. Gehoorzaam stopte hij. Prativa's blik daalde omlaag naar zijn buik. 'Kleed je uit,' zei ze met een rustige stem. 'En blijf staan.'
Geïntrigeerd deed Malko wat ze vroeg, tot hij met zijn volle erectie voor haar stond.
Ze legde haar handen plat op haar knieën. De lotushouding. Wat was ze van plan? Als het aan hem lag, had hij zich op haar gestort en haar ter plekke op het Tibetaanse tapijt genomen. De muziek speelde door, met het ritme van tamboerijnen. Prativa begon zacht naar voren en naar achteren te wiegen, terwijl ze met haar omhooggedraaide handen haar borsten ondersteunde. Malko wachtte af, zijn penis tot het uiterste gespannen. Met naakt bovenlichaam, vanaf haar middel in de sari gewikkeld, straalde Prativa zowel erotiek als kuisheid uit.
Krampachtig probeerde Malko stil te blijven staan, maar

het was of alleen al de op hem gerichte blik van de vrouw zijn erectie nog harder maakte. Omdat zij op de grond zat en hij stond, bevond haar mond zich ongeveer op dezelfde hoogte als zijn opgeheven geslachtsdeel, wat zijn verlangen nog verder deed toenemen. Hij volgde gretig het wiegen van haar bovenlichaam, want langzaam maar zeker naderde de grote, rode mond hem. Eindelijk raakte ze hem aan, zo licht dat hij zich afvroeg of hij het niet droomde. Maar enkele tellen later voelde hij het uiteinde van een tong als brandend vuur zijn opgezwollen eikel strelen. Het genot was zó groot dat hij bijna ter plekke klaarkwam. Dit was een geraffineerde marteling.

Prativa wiegde steeds sneller naar voren en naar achteren. Hij hield zijn adem in en concentreerde zich op het onbeweeglijke gezicht van Prativa, die hem met haar hypnotische blik bleef aankijken. Nu werden de strelingen steeds duidelijker... Haar volle lippen omklemden hem een fractie van een seconde en hij slaakte een rauwe kreet. Maar de menselijke slinger was alweer weggezwaaid. De daaropvolgende keer was het een tong die zich in een flits om hem heen wikkelde. Hij voelde het zaad in zijn lendenen opstijgen en stond op het punt te exploderen, maar hij durfde zich niet te bewegen, om de betovering niet te verbreken.

Prativa pikte als een vogel aan hem.

Nog een streling. Nu werd het hem te veel. Hij voelde hoe hij klaarkwam. Op datzelfde moment naderde haar mond hem weer, maar in plaats van langs hem te strijken, namen de volle lippen hem tot aan de wortel op.

Malko slaakte een kreet en kwam in één keer klaar in haar mond, die eindelijk om zijn penis geklemd bleef. Voor-

overgebogen liet Prativa zijn zaad komen, zelfs zonder dat ze hem met haar handen had aangeraakt.
Hij stond in vuur en vlam. Ten slotte maakte de mond zich langzaam van hem los. Hij was nog steeds stijf, maar toch voelde hij zich geheel tevredengesteld. Zijn droom om Prativa op het kleed te nemen, was met zijn orgasme in rook opgegaan. In één keer ontspande hij. De jonge vrouw keek hem met een ernstige blik aan. 'Dat was fijn,' zei ze. 'Je was heel moedig. Veel mannen houden het niet tot het einde vol. Die stuur ik weg en wil ik nooit meer terugzien.'
'Het was fantastisch,' gaf Malko toe. 'Zoiets heb ik nog nooit gevoeld. Maar je was bijna te laat...'
'Nee,' verbeterde Prativa hem vriendelijk, 'ik hield je ogen in de gaten. Ik wist eerder dan jij dat je zou klaarkomen. Het was voor mij ook heel fijn.'
Soepel stond ze op, pakte een handdoek en veegde Malko zorgvuldig af. 'Na deze beproeving,' zei ze, 'weet ik zeker dat je je zult kunnen inhouden wanneer we de liefde bedrijven... Dat is belangrijk. Kleed je aan.'
Het was bijna koud in de kamer en ze wikkelde haar sari om zich heen. Hij besefte dat ze elkaar niet eens hadden gekust en dat hij, op de streling van haar borsten na, niets van haar lichaam wist. Nu hij tot rust was gekomen, kon hij weer helder denken. Prativa ging met rechte rug tegenover hem op de grond zitten, haar borsten verborgen onder de gele zijde.
'Prativa,' zei Malko, 'ik moet weten of de dingen die je me hebt verteld geruchten zijn of feiten.'
'Feiten,' antwoordde ze.
'Hoe weet je dat zo zeker?'

‘Mijn minnaar heeft het me verteld,’ zei ze slechts. ‘Hij heeft prins Dipendra na het drama onderzocht en verzorgd. Hij is neurochirurg.’

‘Heeft hij je details verteld?’

‘Nee,’ zei ze. ‘Hij vertelde alleen dat het technisch onmogelijk was dat hij zelfmoord zou hebben gepleegd.’

‘Zou ik hem kunnen ontmoeten?’

Ze glimlachte weer. ‘Natuurlijk, hij is elke ochtend in het Bir-ziekenhuis. Hij heet Pradeep Shesta. Zeg maar dat ik je heb gestuurd.’

Glimlachend stond ze op. ‘Ik zal een taxi voor je bellen. Misschien zien we elkaar nog een keer?’

Het leek de hel wel. Een vrouw met verwarde haren, die door twee vriendinnen werd vastgehouden, stond in de gang moord en brand te schreeuwen. Overal in de smerige zalen wemelde het van de uitgemergelde, haveloos geklede mensen. Er was geen lift en nergens was een schoon plekje te vinden. Het leek er meer op een vuilnisbelt in de derde wereld dan op een ziekenhuis. Voorgegaan door zijn chauffeur liep Malko de gangen door, over talloze trappen en langs zalen waarin zieken waren gepropt. De bordjes waren in het Hindi. En het Bir-ziekenhuis werd nog wel als het beste van Kathmandu beschouwd. Eindelijk zag Malko op een donkere overloop een bordje op een deur hangen: PROFESSOR SHESTA. SCHOENEN UIT VOORDAT U BINNENKOMT.

Hij trok zijn schoenen uit en klopte aan. De vierkante kamer was piepklein en de muren hingen vol met diploma’s en foto’s. Op een rode, L-vormige bank zat een jongeman met een intelligent gezicht papieren door te

lezen. Hij droeg een stropdas en een prachtig, geel overhemd. Overal lagen stapels boeken, en in een hoek zat een secretaresse in een witte blouse op een computer te tikken. De man keek Malko vragend aan.
'Professor Shesta?' vroeg Malko.
'Ja, dat ben ik.'
Hij glimlachte uitnodigend, sympathiek. Malko vroeg zich af of hij van Prativa dezelfde behandeling als hijzelf had gekregen. 'Ik word door Prativa Thapa gestuurd,' zei hij.
Het gezicht van de chirurg klaarde op. 'Ah! U bent een vriend van Prativa. Bent u ziek? Gaat u zitten.'
Hij maakte naast zich op de bank plaats voor Malko, die zich afvroeg hoe je in deze zwijnenstal behoorlijke chirurgie kon bedrijven.
'Nou, wat scheelt eraan?' vroeg hij.
'Niets,' zei Malko. 'Het gaat om de dood van prins Dipendra.'
Het gezicht van de chirurg verstrakte en hij keek Malko met een bezorgde blik aan. 'Wie bent u?'
'Ik doe onderzoek voor de regering van de Verenigde Staten,' zei Malko, zonder er verder op door te gaan. 'Buitenlandse Zaken interesseert zich voor dit ongewone drama.'
'Ik begrijp het,' antwoordde de arts weifelend. 'Maar de onderzoekscommissie heeft alle vragen beantwoord. U kunt het verslag op internet vinden.'
'U hebt prins Dipendra verzorgd?'
'Verzorgd is een groot woord,' verbeterde professor Shesta hem. 'Op de avond van het drama werd ik naar het militair ziekenhuis geroepen om de prins te onderzoeken. Ik heb het gat gedicht waardoor de kogel naar buiten was

gekomen en een drain aangelegd om te voorkomen dat de hersenen onder druk zouden komen te staan. Ik heb de wond gedesinfecteerd en de patiënt aan de beademing gelegd. Helaas kwam hij niet meer bij uit het coma. Zaterdagochtend verbeterde zijn toestand iets, maar maandag is hij een natuurlijke dood gestorven. Een treurige geschiedenis.'

'Heeft hij zelfmoord gepleegd?'

Even stilte.

'Waarom vraagt u me dat?' vroeg de chirurg.

'U hebt hem onderzocht,' hield Malko vol. 'U kunt er iets zinnigs over zeggen.'

Pradeep Shesta glimlachte even en stond op, terwijl hij Malko zijn hand toestak. 'Het spijt me, ik kan u niet meer vertellen. Beroepsgeheim. Geef Prativa een kus namens mij.'

Er bleef Malko niets anders over dan weg te gaan. Hij liep de trap af, die vol met afval lag, en keerde terug naar het Yak and Yeti. Op zijn kamer pakte hij de telefoon. Een wonder: Prativa was thuis.

'Ik heb je vriend ontmoet,' zei hij, 'maar hij wilde me niets vertellen.'

Ze aarzelde even en vroeg toen: 'Is het écht zo belangrijk?'

'Echt.'

'Goed. Vanavond gaan we naar de wekelijkse borrel op de Australische ambassade. Pradeep Shesta komt daar ook elke donderdag. Misschien is hij dan beter bereid te praten.'

'Waarom?'

'Om verschillende redenen,' zei de jonge vrouw geheimzinnig. 'Kom je me om negen uur bij me thuis ophalen?'

Prativa had de sari verwisseld voor een rode trui en een bijna onbeschaamd korte minirok. Ze droeg haar haar naar achteren gebonden en had zich op dezelfde manier opgemaakt als de vorige keer. Ze stak Malko haar hand toe, alsof ze hem de vorige avond niet in haar mond had laten klaarkomen, en zei tegen de chauffeur: 'Naar de Australische ambassade.'
Gebruikmakend van de duisternis legde Malko een hand op haar dij. Prativa trok niet terug en ze keek Malko aan. Haar grote, fel opgemaakte mond zag eruit als een seksueel attribuut. De Australische ambassade lag in het noorden van Lazimpat, voorbij de kruising met de ringweg van Kathmandu. Bij de ingang moest hij een register tekenen, maar dat was de enige controle. Toen ze door een prachtig park liepen, hoorde hij muziek, en uiteindelijk kwamen ze uit bij de rand van een prachtig zwembad. Erachter stond een kleine bungalow, waarvoor tafels waren neergezet. Het was druk, zowel binnen als buiten. De bar lag in de bungalow, en de gasten die buiten stonden liepen continu heen en weer met glazen in de hand. Op een piepkleine dansvloer bij de bar dansten enkele stellen.
Toen ze naar de tafeltjes aan de rand van het zwembad liepen, stond een man op van een van de tafels en kwam naar Prativa toe. Eerst omhelsde hij haar en schudde toen Malko's hand. 'Fijn u weer te zien,' zei Pradeep Shesta met een ietwat dikke stem.
Zijn overhemd hing open en zijn ogen waren bloeddoorlopen. Hij had duidelijk al te veel gedronken. Hij bracht hen naar zijn tafel en vroeg wat ze wilden drinken.

'Gin,' zei Prativa.
'Wodka,' zei Malko vervolgens.
De neurochirurg liep naar de bar en kwam terug met een boordevol glas gin en in zijn andere hand een glas wodka. Onder zijn arm had hij een aangebroken fles Defender Success geklemd. Taittinger was hier onbekend, en de gasten gaven zich over aan sterkere alcoholische dranken...
De chirurg schonk een flink glas whisky in en ze dronken. Plotseling sprong Pradeep Shesta op en trok Prativa mee naar binnen. 'We gaan dansen,' zei hij tegen Malko.
Zodra hij weg was, kwam er een Nepalese vrouw in een strak T-shirt en een zwarte latexbroek aan Malko's tafel zitten en begon de nog op tafel staande glazen leeg te drinken. Daarna stak ze Malko haar hand toe: 'Goedenavond, ik heet Sabitri en werk hier. Bent u nieuw in Kathmandu?'
'Ik ben op doorreis,' legde Malko uit.
Ze wierp hem een lange, nieuwsgierige blik toe. 'Ik zag dat u hier met Prativa binnenkwam. Hebt u samen iets?'
Malko schudde zijn hoofd en Sabitri lachte. 'Jammer voor u. Ze is de beste van Kathmandu. Ze heeft onze ambassadeur helemaal gek gemaakt. Hij zei dat ze ongelooflijke dingen met hem had gedaan. Toen ze hem verliet, is hij gaan drinken en heeft hij overplaatsing terug naar Australië aangevraagd. Toch was hij dol op Nepal.'
En de Nepalese vrouwen...
'Hebt u zin om te dansen?' vroeg Sabitri met een smachtende blik.
'Nog niet,' wimpelde Malko haar af.
Teleurgesteld liep ze weg, en even later zag hij haar tegen

een grote, roodharige Australiër gedrukt staan. Hij had geen tijd om zijn wodkaglas leeg te drinken. Prativa en professor Shesta kwamen innig gearmd terug naar de tafel. Toen de chirurg het lege ginglas zag, ging hij bij de bar een nieuw halen. Meteen drukte Prativa haar grote mond tegen Malko's oor. 'Vraag het hem nog een keer. Ik denk dat hij nu wel de waarheid zal vertellen.'
Pradeep Shesta kwam terug naar de tafel. Malko liet hem eerst rustig drinken voordat hij vroeg: 'Wilt u me nog steeds niet vertellen of prins Dipendra zelfmoord heeft gepleegd?'
De neurochirurg schrok even en keek Malko toen met een door alcohol vertroebelde blik aan. 'Prativa zei dat ik u kan vertrouwen,' zei hij met onzekere stem. 'Daarom zal ik u de waarheid vertellen. Toen ik prins Dipendra in het militair hospitaal onderzocht, had hij een grote hoofdwond,' begon hij op zachte toon. 'Een 9-millimeter kogel had de schedel van de ene kant naar de andere doorboord. Ik heb de wond schoongemaakt en gehecht. Ik heb er een drain in aangebracht, maar wist dat er geen enkele hoop was dat hij het zou redden.'
'Waarom niet?' vroeg Malko.
De professor boog zich naar de tafel en antwoordde: 'De kogel was ongeveer tweeënhalve centimeter achter en anderhalve centimeter boven het oor binnengedrongen. De plek waar de kogel naar buiten was gekomen, lag op precies dezelfde plaats, maar aan de andere kant van het hoofd. De kogel had de schedel dus in een rechte lijn tussen beide oren doorboord. De ervaring leert dat de schade die in een dergelijk geval aan de hersenen wordt aangericht fataal is. Belangrijke bloedvaten worden ge-

troffen, waardoor hersendelen afsterven.'
Zelfs onder invloed van alcohol verstond hij zijn vak.
'Ik begrijp het,' zei Malko. 'Maar hoe kunt u er zo zeker van zijn dat hij geen zelfmoord heeft gepleegd?'
De chirurg keek om zich heen. 'Geef uw hand eens.'
Hij pakte Malko's rechterpols en vroeg: 'Steek uw wijsvinger uit alsof het een wapen is.'
Malko deed wat de man vroeg. Hij voelde hoe zijn pols werd verdraaid, tot het pijn deed. De professor fluisterde hem in een wolk van alcohol toe: 'Ziet u? Uw hand is bij lange na nog niet op de plek waarvandaan het schot moet zijn gelost. Het is onmogelijk te doen zonder dat uw schouder uit de kom gaat. Mensen die zelfmoord plegen, schieten een kogel door hun slaap. Veel verder naar voren dan in dit geval is gebeurd. Bent u nu tevreden?'
'Ja,' zei Malko.
Hij was overtuigd, en geschokt. Als het waar was wat de chirurg had gezegd, was het inderdaad onmogelijk dat prins Dipendra zelf een kogel door zijn hoofd had geschoten nadat hij zijn familie had afgeslacht. Tevreden leegde Pradeep Shesta zijn glas en liep naar de bar. Malko keek Prativa aan. Als prins Dipendra geen zelfmoord had gepleegd, was hij vermoord. Maar door wie? En waarom? Plotseling voelde hij dat hij bekeken werd – een soort zesde zintuig, en hij keek naar de tafel naast die van hen. Midden tussen de andere gasten herkende hij Andrew Teck, het lokale hoofd van MI6. De Brit zwaaide vrolijk naar hem en Malko zwaaide voorzichtig terug. Hij vroeg zich af of de man van MI6 in Kathmandu hem opzettelijk had voorgelogen of niet.

5

De Brit stond op en kwam glimlachend naar hem toe. 'Zo, u hebt de weg dus alleen gevonden?' zei hij vrolijk. 'En u bent in goed gezelschap!'
Hij maakte een buiging voor Prativa Thapa, en Malko stelde hen aan elkaar voor. Professor Shesta was niet teruggekomen. Malko glimlachte Andrew Teck stijf toe. Hij bleef op zijn hoede. Of de vertegenwoordiger van MI6 had zich door de Nepalezen voor de gek laten houden, of hij had zelf de waarheid verborgen gehouden voor de Amerikanen en Malko. Als dat zo was, en als hij hem in gesprek met professor Shesta had gezien, wist hij dat de CIA haar onderzoek zou voortzetten om achter de waarheid te komen.
Na even over koetjes en kalfjes te hebben gepraat, ging Andrew Teck naar zijn tafel terug. Meteen boog Prativa zich naar Malko's oor. 'Ben je tevreden? Geloof je nog steeds dat hij zelfmoord heeft gepleegd?'
'Ik geloof wat je vriend heeft verteld,' beaamde Malko.
Er was één ding dat hij snel moest ophelderen: wie was de man die Andrew Teck hem als Kumar Dixit, de adjudant van Dipendra, had voorgesteld? Als dat inderdaad de Nepalese militair was geweest, was het goed mogelijk dat de man van MI6 was misleid. In het andere geval zou Andrew Teck hem een valse Kumar Dixit hebben voorge-

steld, hetgeen betekende dat hij betrokken was geweest bij het bloedbad in het paleis.
'Ik wil die Kumar Dixit terug zien te vinden,' zei Malko. 'Hij moet toch érgens wonen en familie hebben.'
'Dat zal heel moeilijk zijn,' zei Prativa. 'Van het leger of het paleis hebt u geen hulp te verwachten. Integendeel. Maar misschien ken ik iemand die weet waar hij woont.'
'Wie?'
'Nayan Raj Pandey, de vroegere goeroe van de koninklijke familie. Hij is enkele maanden geleden met pensioen gegaan. Op de dag van het drama heeft hij het koninklijk echtpaar en prins Dipendra ontvangen. Hij heeft in het paleis gewoond en kende Kumar Dixit.'
'Waar woont hij?'
'In Dilli Market. Hij is gemakkelijk te vinden, iedereen kent hem.'
'Spreekt hij Engels?'
'Nauwelijks.'
'Zou je met me mee kunnen gaan?'
Prativa aarzelde, maar knikte toen. 'Ja, natuurlijk.'
Pradeep Shesta kwam weer naar hen toe, ging naast Prativa zitten en fluisterde iets in haar oor. De jonge Nepalese verstrakte en keek Malko aan. Met een matte stem zei ze: 'Ik moet nu gaan. Bel me morgen.'
De neurochirurg had zijn onthullingen niet voor niets gedaan, en Prativa moest contant afrekenen. Malko voelde een lichte prikkeling van jaloezie. Toen hij hen langs het zwembad zag weglopen, zag hij een bekende gedaante uit de schaduw komen: Anna Dickens! De jonge Britse droeg een blauwe, katoenen jurk die aan de voorkant was dichtgeknoopt, met een diep decolleté dat haar grote, witte

borsten eer aandeed. Toen ze Malko zag, kwam ze naar hem toe. Andrew Teck was nergens te zien.
'Ik had niet verwacht u hier aan te treffen,' zei ze.
'Uw vriend Andrew is er ook,' zei Malko. 'Vijf minuten geleden sprak ik hem nog.'
Anna Dickens liet niets blijken. 'Ja, ik weet het. Hij heeft me gevraagd vanavond hierheen te komen. In Kathmandu is dat een traditie. Ik ga kijken of ik hem kan vinden. Tot straks.'
Ze liep naar de bar en verdween naar binnen. Vijf minuten later kwam ze terug met Andrew Teck. Ze bleven even staan praten en toen kwam de Britse naar Malko, een glas gin in haar hand. 'Andrew is met een paar heel vervelende mensen,' zei ze. 'Ik blijf liever bij u. Hoe verloopt uw onderzoek?'
'Moeizaam,' zei Malko. 'Ik wil de adjudant van prins Dipendra spreken. Kent u hem?'
'Nee. Alle adjudanten zijn na het drama uit het paleis verdwenen, en het leger wil niet dat we contact met hen hebben. De nieuwe koning, Gyanendra, heeft zijn eigen mensen meegenomen. U moet het aan Andrew vragen. Hij kent heel Kathmandu.'
'Dat is een goed idee,' gaf Malko toe.
Anna dronk haar glas leeg en keek Malko met een verontschuldigende glimlach aan. 'Ik ga even bijtanken.'
Ze liep naar de bar, Malko verbaasd achterlatend. Even later kwam Anna Dickens terug met een vol glas in haar hand.
'Er is geen gin meer,' zei ze. 'Ik heb maar whisky genomen.'
Ze praatten nog wat, en Anna Dickens stond er een beetje

verloren bij. Kennelijk was ze teleurgesteld dat Andrew Teck zich niet om haar bekommerde. Malko vond dat ze er fantastisch uitzag in haar jurk, die iets te strak zat. De man van MI6 stond op en vertrok met zijn vrienden na een korte knik hun kant op. Er vertrokken al meer gasten. De journaliste dronk haar glas leeg en gaapte. Malko vroeg:
'Bent u met de auto?'
'Nee, met een taxi,' antwoordde Anna. 'Hebt u een auto?'
'Ja. Als u wilt, kunt u meerijden. We moeten dezelfde kant op.'
De chauffeur zat te dommelen op zijn stoel, maar hij schrok wakker. Onderweg naar het Yak and Yeti kwamen ze vrijwel geen enkele andere auto tegen. Anna slaakte een kreet en wees naar een verlicht bord, links van hen: CASINO ROYALE. 'Wat is dat?'
'Een casino,' zei Malko. 'Gokken is toegestaan in Nepal. Behalve voor de Nepalezen. Wilt u naar binnen?'
Ze lieten zich voor het casino afzetten, waar ze werden begroet door enkele als admiraals uitgedoste portiers. Het was net Las Vegas in het klein: een band, een restaurant en een speelzaal met blackjack- en roulettetafels. Rondom de spelers uit Delhi, die hier hun fortuin kwamen uitgeven, hingen enkele opzichtig geklede vrouwen rond. Anna Dickens spendeerde enkele bankbiljetten aan de roulettetafel en probeerde haar geluk aan de gokautomaten. Toen ze blut was, slaakte ze een diepe zucht. 'Laten we gaan, ik wil niet al mijn geld verspelen.'
Toen ze vertrokken, pakte ze in een plotselinge romantische opwelling Malko's hand en hield hem vast. De hal van het Yak and Yeti lag er verlaten bij en de baliebediende gaf hun de sleutels. Bij de lift namen ze afscheid van

elkaar met een bescheiden kus op haar wang. Bij zijn kamer aangekomen, lukte het Malko niet de sleutel in het slot te krijgen: hun sleutels waren omgewisseld. Hij ging naar de vierde verdieping, waar het Anna Dickens net zomin lukte haar sleutel in het slot te krijgen. Ze keek op en Malko gaf haar haar sleutel. 'Ze zijn verwisseld.'
Meteen bood ze Malko haar mond aan en ze zei met een lallende stem: 'Je hebt een beloning verdiend.'
De beloning was een klein, spits tongetje, dat zich om de zijne kronkelde. Malko duwde de Britse tegen haar deur en begon de knoopjes van de blauwe jurk los te maken. Hij was bij het derde knoopje en hij had driekwart van haar borsten ontbloot, die in een beha van witte kant lagen, toen Anna Dickens besefte dat ze in de gang de liefde stonden te bedrijven. 'O, alsjeblieft,' zei ze, terwijl ze hem wegduwde. 'Niet zo ondeugend...'
Ze praatte als een schoolmeisje, maar sloot haar ogen van genot toen Malko haar grote, roze tepels boven de rand van haar beha uit trok en ze tussen zijn vingers liet rollen. Anna drukte haar buik tegen de zijne en haar ademhaling ging steeds sneller. Op de tast stak ze de juiste sleutel in het slot van haar deur en maakte zich los uit Malko's armen, die haar meteen naar binnen volgde. Lachend vielen ze op het bed, waar het hem lukte haar jurk geheel open te knopen. Hij ontdekte een prachtige, kanten string. Haar borsten puilden uit haar beha en Anna Dickens leek niet goed te weten hoe ze zich moest gedragen. Hoewel ze Malko innig kuste, hield ze haar dijen strak tegen elkaar geklemd om te voorkomen dat hij haar string zou kunnen uittrekken. Haar witte, iets te volle dijen leken hem uit te dagen. Intussen bevrijdde hij zijn erectie maar Anna leek

het niet te merken. Uiteindelijk liet hij zich op haar rollen en duwde haar dijen iets uit elkaar. De aanraking van zijn gespannen geslachtsdeel op haar onderbuik leek de jonge vrouw te verlammen. Met beide handen op Malko's schouders gedrukt, probeerde ze hem van zich af te duwen, maar hij was vastbesloten tot het einde door te gaan. Met zijn linkerhand trok hij haar string opzij en met zijn rechterhand drukte hij zijn harde penis tegen de vagina van de Britse vrouw.
Hij voelde een lichte weerstand, maar drong toen moeiteloos diep in haar.
'O, nee,' kreunde Anna.
Met wijdopengespreide dijen, Malko's penis diep in haar vagina begraven, kon ze hem niet langer weerstaan.
Ruw nam Malko haar, zó opgewonden was hij. Anna Dickens schokte heftig met haar heupen toen ze voelde dat hij klaarkwam. Met een laatste krachtsinspanning lukte het haar hem van zich af te duwen, en ze sprong overeind. 'Je bent geen heer!' riep ze. 'Je hebt me verkracht. Ga mijn kamer uit.'
Ze was een ware slet. Hijgend keek ze Malko aan, die galant haar hand kuste. 'Welterusten. Het was heerlijk.'
Ze sloeg de deur achter hem dicht. De avond was beter geëindigd dan hij had verwacht. Anna Dickens was een heel aangename ontspanning, zij het minder verfijnd dan Prativa.

De telefoon van Malko's hotelkamer rinkelde. In Kathmandu werkten buitenlandse draagbare telefoons niet.
'Met Prativa,' zei de Nepalese. 'We hebben om vijf uur een afspraak met Nayan Raj Pandey. Ik kom je om halfvijf

ophalen.'
Voorlopig had Malko niets anders te doen dan de gebeurtenissen de revue te laten passeren. Aan de grote puzzel van het drama ontbraken nog een heleboel grote stukken.
Toen Malko Prativa in de hal ontmoette, droeg de Nepalese een keurig mantelpakje.
'Zeg hem niet dat je met Pradeep hebt gepraat,' zei ze. 'Hij is bang. In Nepal heeft de koninklijke familie een lange arm. Toen enkele jaren geleden een journalist onaangename dingen over een van de prinsen schreef, is er een huurmoordenaar op hem afgestuurd.'
'Zijn er hier huurmoordenaars?' vroeg Malko verbaasd, terwijl ze naar Dilli Market reden, een volkswijk waarin het wemelde van de kleine winkeltjes. Schapenkoppen lagen er naast stapels fruit, groenten en kip.
'De Gurkha's doen alles voor hun koning,' legde Prativa uit. 'Anders hoef je maar de grens naar India over te steken om in Bihar een huurmoordenaar te rekruteren. Dat kost je 5.000 roepie.'
Ze reden een hobbelige steeg in. Honderd meter verderop stopte de chauffeur.
'Hier is het,' zei Prativa.
De oude goeroe van de koning woonde niet in een pagode, maar op de derde verdieping van een vervallen betonblok zonder lift. Zelfs op de trap rook het naar wierook. Op de derde verdieping deed een oude vrouw voor hen open en ze liet hen een ouderwetse salon binnen, die was ingericht met slechts enkele meubels en een heleboel foto's aan de muren. Plotseling kwam er een oude man binnen. Zijn haar was in de onvermijdelijke, lokale *tepi* geknipt, met roze en groene borduursels, en hij had een enorme tika op

zijn voorhoofd. Hij had een heel lange neus en sentimentele ogen en droeg een gele dhoti en een wit jasje. Prativa begon snel te praten, terwijl hij haar enigszins afkeurend aankeek. Toen legde ze Malko uit: 'Ik heb gezegd dat je voor een mantra komt en dat je over hem hebt horen praten.'

De oude goeroe hield een lange preek en stond op, terwijl hij met een aantal ingelijste foto's zwaaide.

'Hij stamt uit een reeks van vijf generaties goeroes,' vertaalde Prativa. 'Maar zijn zoon is niet zo goed in Sanskriet, dus nu heeft hij geen opvolger. Bovendien heeft de nieuwe koning, Gyanendra, zijn eigen goeroe.'

'Wat was zijn rol aan het hof?'

'Religieuze raad geven en gunstige of ongunstige dagen voorspellen. En de jongeren de Hindoestaanse regels bijbrengen.'

'Hij heeft prins Dipendra op de dag van het drama gezien. Heeft hij niets zien aankomen?'

Prativa stelde de vraag, waarop een lang antwoord volgde, dat stukje bij beetje werd vertaald. 'Hij zegt dat de prins heel blij leek te zijn, en zijn ouders ook. Ze hebben alleen over positieve zaken gepraat. Het was een vreselijke klap voor hem dat hij de slechte tekenen niet had gezien. Dat zal hij nooit vergeten.'

De goeroe begon zachtjes te huilen en stamelde onverstaanbare woorden.

'Vraag hem of hij weet waar ik de adjudant van prins Dipendra kan vinden,' vroeg Malko, terwijl de goeroe wierookstokjes aanstak.

Ze vroeg het, en de Nepalees gaf een kort antwoord. 'Hij woont in de wijk Maharajgunj,' vertaalde de jonge vrouw.

‘In een huis met een groene deur aan de rechterkant, in een straat achter het paleis van prins Gyanendra. Maar hij weet niets. Niemand weet iets.’
Nu huilde de goeroe tranen met tuiten. Hij sprak nog enkele woorden en Prativa vertaalde: ‘Voor de mantra moet je hem 10.000 roepie en je geboortedatum geven. En kom dan over een paar dagen terug.’
Malko deed wat ze zei, en Nayan Raj Pandey liet alles in een zak van zijn jasje verdwijnen. Toen stond hij op en verliet, zonder een woord te zeggen, de kamer. Ze wachtten vijf minuten, een kwartier... Hij kwam nog steeds niet terug. Prativa ging kijken en kwam ontredderd terug. ‘Hij zit te bidden en wil niemand spreken.’
Hij had zelfs geen afscheid genomen. Toen ze buiten stonden, vroeg Malko: ‘Weet jij waar die straat is waarin Kumar Dixit woont?’
‘Ja, ongeveer.’
‘Laten we daar nu dan heen gaan.’

‘Daar is het paleis van Gyanendra,’ zei Prativa. ‘Hierachter is het.’
Rechts van Maharajgunj Road bewaakten twee Gurkha’s in vol ornaat – vilthoed met een rode band en een witte ceintuur om het flesgroene uniform – een witte poort met twee klinken, die beide met een langwerpig oog waren versierd.
Maharajgunj Road doorsneed de hele woonwijk, die zich uitstrekte tot aan Ring Road, vlakbij de Australische ambassade. Aan de straat lagen mooie villa’s en ambassadegebouwen. Overal waren satellietschotels te zien, maar geen namen en geen nummers. Op aanwijzen van Prativa

sloeg de chauffeur rechtsaf een onverharde weg in, die naar andere villa's liep en zich in steeds smallere straatjes vertakte voordat hij op een akker doodliep.
Ze stopten bij een splitsing en de chauffeur stapte uit om een tuinman de weg te vragen. 'Het huis met de groene deur ligt rechtuit,' vertaalde Prativa toen hij terug was.
Midden in een tuin met een hoge, bakstenen muur eromheen lag een grote, eveneens bakstenen villa. Nepalezen hielden van baksteen.
'Laten we gaan kijken,' stelde Malko voor. 'Zeg maar dat ik journalist ben.'
Ze belden verscheidene keren aan en eindelijk, toen ze op het punt stonden weg te gaan, deed een bediende open. Er volgde een kort gesprek tussen Prativa en de man, en toen zei de jonge vrouw: 'Majoor Dixit is niet in Kathmandu, en zijn vrouw is de kinderen van school halen.'
De bediende draaide zich al om.
'We wachten in de auto,' zei Malko. 'Dan weten we zeker dat we haar niet mislopen.'

Het was zes uur op Malko's Crosswind toen er een grote Toyota van de Maharajgunj aan kwam rijden en voor het hek stopte. In de auto zaten een vrouw en twee kinderen. Ze toeterde ongeduldig en even later opende dezelfde bediende het hek.
'Zullen we gaan?' vroeg Prativa.
'Wacht tot ze naar binnen is,' zei Malko.
Ze wachtten enkele minuten en toen liepen ze naar het hek. Nu werd er meteen opengedaan. Enigszins toegesnauwd door Prativa ging de bediende hun voor door een tuin en vervolgens het huis in. Ze kwamen uit in een klei-

ne hal met een marmeren vloer. Schoon, onpersoonlijk, met de eeuwige Tibetaanse prenten aan de muur. Boven klonken kinderstemmen. Er klonk geritsel, en een heel knappe, donkere vrouw kwam binnen. In haar linkerneusvleugel droeg ze een diamantje en aan haar oren hingen gouden oorbellen. Ze was gekleed in een witte tunica en een groene *dhoti*. Ze keek de gasten met duidelijke verbazing aan en meteen gaf Prativa een lange uitleg in het Nepalees. Vervolgens wendde ze zich tot Malko. 'Ik heb Devi Dixit verteld dat je voor de Amerikaanse regering onderzoek doet naar het bloedbad van 1 juni en dat je haar man graag had willen spreken.'

'Kan dat?'

Prativa gaf het verzoek door, waarop een glimlachend maar duidelijk negatief antwoord volgde. 'Ze zegt dat haar man buiten Kathmandu is gelegerd en pas over enkele weken terugkomt. Bovendien mag hij zonder toestemming van zijn meerderen met niemand praten.'

'Is hij al lang weg?' vroeg Malko.

'Meteen na het drama is hij vertrokken.'

Malko dacht even na. Intussen zei Devi Dixit iets.

'Ze stelt voor in de salon thee te drinken,' zei Prativa. 'Hebt u daar zin in?'

'Natuurlijk,' zei Malko.

Hij moest en zou weten of de man die hij in het kantoor van Andrew Teck had ontmoet al of niet Kumar Dixit was. Helaas kon hij hem alleen beschrijven.

Devi Dixit ging hun voor naar een salon die uitkeek op de tuin, met witte muren, gloednieuwe meubels en Tibetaanse tapijten op de vloer. Ze verdween even, vast om voor de thee te zorgen. Net toen Malko wilde gaan zitten, zag

hij een grote foto in een zilveren lijst op een tafeltje staan. Hij liep erheen en pakte de foto.
Het was een trouwfoto. Een glimlachend echtpaar met een man in uniform en een vrouw in een chique sari, met een diadeem in haar haar. Malko stond de foto nog te bekijken toen Devi Dixit terugkwam, die hem glimlachend aankeek. 'Is dit uw trouwfoto?'
'Ja,' zei ze.
Malko bekeek de afbeelding aandachtig. De man in uniform, die gearmd met Devi stond, was niet de man die hij in het kantoor van Andrew Teck had ontmoet.

6

Malko zette de foto terug. Eindelijk wist hij het. Leuk was het niet, maar hij had nu tenminste zekerheid. Andrew Teck had hem bedrogen. Waarom? Waar was de echte Kumar Dixit? Leefde hij nog wel? Als hij een belangrijke rol in het drama had gespeeld, zou hij ook kunnen zijn omgebracht. Malko was er intussen van overtuigd dat prins Dipendra vermoord was. De moordenaar zou ook zijn adjudant kunnen zijn geweest.
Devi Dixit schonk thee in.
'Denk je dat Kumar Dixit de moordenaar van Dipendra zou kunnen zijn?' vroeg Malko in het Engels aan Prativa.
'Ik denk het niet,' zei de jonge vrouw. 'Zelfs als hij er het bevel toe zou hebben gekregen, zou hij nooit zijn hand hebben durven uitsteken naar iemand van de koninklijke familie.'
'Probeer te ontdekken waar hij is.'
Prativa voerde een lang gesprek met hun gastvrouw. Die leek echter weinig spraakzaam te zijn, hoewel ze vriendelijk bleef glimlachen. Na enkele minuten wendde Prativa zich tot Malko. 'Ze verzekert me dat ze niet precies weet waar hij is. Ergens in het westen. Daar is geen telefoon. Maar binnenkort komt hij terug. Nu moet ze haar dochters met hun huiswerk helpen.'
Malko zette zijn theekopje neer. Zijn bezoek was niet voor

niets geweest. Ze namen afscheid van Devi Dixit en liepen weg door de tuin. Toen ze door het hek liepen, zag Malko een witte, vierwiel aangedreven Subaru plotseling wegrijden in de richting van Maharajgunj Road.
Vreemd, hij kreeg de indruk dat de chauffeur niet gezien wilde worden.
Ze reden terug naar het centrum van de stad, en Prativa keek hem met een ernstig gezicht aan. 'Wees voorzichtig,' zei ze. 'Je chauffeur zei dat de witte auto die zojuist wegreed een hele tijd voor de villa heeft gestaan. Er zat een buitenlander in.'
'Een buitenlander!' riep Malko uit. 'Vreemd.'
Kennelijk hadden de bureaucraten van Langley het eindelijk eens bij het juiste eind gehad. Langzaam maar zeker werd duidelijk dat er een complot was gesmeed om de koning van Nepal door een andere koning te vervangen. De verdwijning van de adjudant was vreemd. Tijdens hun bezoek had hij de hele tijd de indruk gehad dat Devi Dixit gespannen was, op haar hoede, alsof ze ergens bang voor was.
Malko keek de jonge vrouw aan. 'Is het moeilijk om hier aan een wapen te komen?'
'Een wapen?' vroeg Prativa verbaasd. 'Waarvoor? In Kathmandu bestaat geen criminaliteit. En de maoïsten hebben nog nooit buitenlanders aangevallen.'
'Er zijn al tien doden gevallen,' merkte Malko op. 'Je vriend Pradeep was doodsbang, en ik denk dat ik op het punt sta dingen te ontdekken die voor bepaalde personen heel vervelend kunnen zijn.'
'Voor wie?'
'Dat kan ik je nog niet zeggen.'

'In Thamel kun je aan wapens komen,' zei ze. 'In de bars waar ze ganja verkopen.'
Ze waren bij het Yak and Yeti aangekomen. De nacht was gevallen en Malko stierf van de honger. 'Waar kunnen we eten?' vroeg hij.
'In het hotel is een goed Indiaas restaurant,' stelde Prativa voor.
Het bewuste restaurant bevond zich aan het einde van een eindeloos lange gang met souvenirwinkels en bestond uit een enorme zaal met een plafond als een kathedraal. Het was vrijwel leeg, op drie tafeltjes met toeristen na. Op het podium werd een folkloristische dans uitgevoerd, begeleid door tamboerijnen. Hij deed Malko denken aan een boerendans uit Auvergne, maar het was een Tibetaanse dans. Wat betreft de keuken was de keus eenvoudig: kerrie met yoghurt of hete kerrie. Met de eeuwige basmatirijst en *nans*. Voor Prativa bestelde hij een fles Taittinger. Helaas, die was er niet.
Prativa keek Malko aan met een blik waaruit zowel nieuwsgierigheid als bezorgdheid sprak. 'Waarom neem je risico's?' vroeg ze. 'Je bent geen agent.'
'Nee,' zei Malko glimlachend. 'Maar de Amerikaanse regering heeft me opdracht gegeven onderzoek te doen.'
'Ben je een spion?'
'Niet echt,' loog Malko. 'Maar de Amerikanen hebben hier weinig bronnen.'
'Dat klopt,' gaf Prativa toe. 'Alleen de Engelsen zijn hier. Die zijn hier al eeuwen en kennen iedereen, vooral in het leger. Waarom vraag je Andrew Teck niet om hulp? Je kent hem toch wel? Hij is een spion, dat weet iedereen.'
'Ik heb het hem al gevraagd,' zei Malko, 'maar hij weet

niet alles. Ik moet Kumar Dixit zien te vinden. Wat moet ik daarvoor doen?'
'Ik ken een meisje dat de maîtresse van Dipendra is geweest. Ik zal het haar vragen. Misschien weet zij iets.'
Het podium was nu leeg en de toeristen vertrokken. Malko keek op zijn horloge: pas tien over acht. In Kathmandu ging men met de kippen op stok. 'Zullen we in het hotel iets gaan drinken?' stelde hij voor.
Prativa's gezicht betrok. 'Ik vind het daar zo somber. Laten we naar mijn huis gaan. Daar heb ik muziek. En ik wil me omkleden.'
De chauffeur bracht hen erheen en vertrok zonder iets te vragen. Malko installeerde zich op de bank en Prativa verdween in de slaapkamer, om even later terug te komen met een in een witte doek gewikkeld pakje, dat ze aan Malko gaf.
'Is dit wat je nodig hebt?'
Het was zwaar. Malko vouwde de doek open en zag een oude Webley-dienstrevolver. Hij opende de cilinder en zag zes patronen zitten.
'Het wapen was van mijn vader,' zei Prativa. 'Ik heb het als aandenken bewaard. Je mag het lenen.'
Na muziek te hebben opgezet, verdween Prativa opnieuw in haar slaapkamer.

Suf van vermoeidheid en loom door de muziek en de Tibetaanse 'saké' was Malko bijna in slaap gevallen. Een zachte streling deed hem de ogen openen. Prativa stond voor hem. Ze had haar pakje verwisseld voor een heel dunne, rode sari, die haar als een tweede huid omhulde. Haar lange, zwarte haar hing los over haar schouders.

Toen Malko wilde opstaan, hield ze hem tegen. 'Beweeg je niet. Ontspan je.'
Ze knielde naast Malko neer en begon hem uit te kleden. Ze had zich geparfumeerd en haar bewegingen waren zowel zacht als nauwgezet, als van een verpleegster. Toen hij helemaal naakt was, pakte ze zijn hand en bracht hem naar de badkamer, waar ze hem douchte. Toen droogde ze hem zorgvuldig af en smeerde zijn lichaam in met geurige olie. Daarna bracht ze hem naar haar slaapkamer en legde hem neer op haar lage bed. Toen Malko haar mee wilde trekken, herhaalde ze zacht: 'Ontspan je.'
Ze deed een rode lamp aan en ging in kleermakerszit naast hem zitten, waarna ze zijn lichaam van zijn borst tot aan zijn dijen begon te strelen. Tijdens haar strelingen kneep ze hem zacht en soms beet ze hem als een kat. Het was heel sensueel en ontspannend. Prativa leek de hele nacht de tijd te hebben. Ten slotte ging ze met opgetrokken benen tussen Malko's dijen zitten. Met dezelfde, zachte bewegingen begon ze zijn geslachtsdelen tussen haar handpalmen te masseren, zoals je een sigaar rolt. Toen hij begon te groeien, liet ze een hand onder zijn billen glijden, en hij voelde haar wijsvinger met zó'n kracht naar binnen dringen, dat hij schrok. Glimlachend keek ze op. 'Ontspan je.'
Ze had haar andere hand om hem heen geklemd en begon hem langzaam te bevredigen. Al heel snel kreeg Malko een erectie zoals hij nog nooit had gehad. Toen trok Prativa haar vinger terug en nam ze een andere houding aan. Ze trok haar sari uit, ging op haar buik liggen en drukte Malko's stijve penis tussen haar borsten.
Zwijgend genoot Malko van deze verfijnde foltering.

Prativa liet hem heen en weer glijden en nam hem toen in haar mond. Eerst stak ze hem slechts een klein stukje naar binnen, maar toen steeds verder. Ze was heel zacht en warm, als een vagina. Ze wilde hem niet laten klaarkomen, maar alleen opwinden. Hij lag onder haar te kronkelen en kon niet meer. Met fonkelende ogen kwam ze overeind. 'Nu gaan we de liefde bedrijven,' zei ze.
Hij verwachtte dat ze hem bij zich naar binnen zou steken, maar nee: ze ging op haar rug liggen en trok haar benen op haar borst omhoog. Zo bood ze haar geëpileerde vagina aan. Haar ogen flitsten toen ze zei: 'Neem me zoals je wilt. Maar je mag niet klaarkomen voor die kaars uit is.'
Ze wees naar een rode kaars, die nog minstens twintig minuten te gaan had...
Malko kwam naar haar toe en drukte zo zacht mogelijk zijn penis tegen de ingang van haar vagina.
Het was of hij een pot honing binnendrong. Prativa was helemaal klaar voor hem. In die houding kon ze over zijn volledige lengte van hem genieten, en hij voelde hoe het uiteinde van zijn penis tegen de achterwand van haar vagina drukte. Onbeweeglijk en met ingehouden adem bleef hij op haar liggen. Hij wilde al klaarkomen! Eindelijk, toen hij zichzelf weer in bedwang had, trok hij zich terug en hij begon zo langzaam mogelijk heen en weer te bewegen. Het was vreselijk opwindend, maar ook frustrerend. Prativa lag er doodstil bij, als een warm, open standbeeld. Na enige tijd trok hij zich geheel uit haar terug en drukte iets lager. Met hetzelfde gemak drong hij diep in de billen van de jonge vrouw naar binnen, die slechts met een lichte rilling reageerde. Nog nooit had hij een vrouw in deze houding in haar billen genomen. Prativa onderging

zijn bewegingen gelaten, maar toen hun blikken elkaar kruisten, zag hij het genot diep in haar donkere ogen smeulen. Ze leek geen last te hebben van kramp in haar spieren. Het leek wel een circusnummer. Plotseling voelde hij dat hij het zou begeven, en snel trok hij zich terug. Prativa glimlachte: 'Denk aan je problemen, aan de dood.' Malko's hartslag kwam iets tot rust en hij zocht zijn weg terug naar de hem aangeboden vagina. De rode kaars was nu half opgebrand.

Hij had nooit gedacht dat hij zo'n beproeving zou kunnen doorstaan! Badend in het zweet en hijgend als een marathonloper nam Malko Prativa als een metronoom afwisselend in haar vagina en in haar billen. Hij bevond zich in een hypnotische toestand. Hij was nog nooit zo hard geweest. En plotseling gaf de rode kaars met een zacht gesputter de geest. Het was of een onzichtbare hand die op zijn borst had gedrukt in één klap verdween. Hij had het volgehouden! Hij trok zich terug en wachtte enkele tellen onbeweeglijk af, alsof hij aarzelde. Maar hij wist heel goed wat hij wilde. En toen drong hij met één stoot, nu zonder enige terughoudendheid, als een lans in Prativa's billen.

Voor het eerst kreunde ze.

Hij trok zich weer terug en nam haar met hetzelfde geweld in haar vagina. Hij bleef heen en weer gaan. Vreemd, nu hij zich niet meer hoefde in te houden, voelde hij geen aandrang om klaar te komen. Prativa kreunde onder zijn harde stoten, en Malko's hartslag steeg. Nu voelde hij onweerstaanbaar het zaad opkomen. Hij trok zich terug uit Prativa's billen en stootte opnieuw hard in haar soepele anus, die zich als een ring om hem sloot. Het genot was zó groot dat hij het uitgilde toen hij zijn zaad in haar spoot. Prativa gilde ook. Haar benen vouwden dubbel en klemden zich om zijn lendenen. Tot de laatste millimeter in haar billen begraven, schokte Malko alsof hij onder stroom stond, tot hij helemaal leeg was.

Prativa liet haar benen nu zakken. Zachtjes duwde ze Malko, die nog steeds stijf was, van zich af.

Zijn penis werd echter niet lang rust gegund. Prativa nam hem in haar mond en perste de laatste genotsdruppels uit hem. Malko's hoofd tolde, en zijn hartslag was minstens tweehonderd. Geveld en met suizende oren hoorde hij Prativa's stem zeggen: 'Je hebt heerlijk de liefde met me bedreven. Vergeet nooit dat het belangrijkste seksorgaan je hersenen zijn.'

Zonder het te merken, viel hij in slaap, en hij werd pas de volgende dag wakker. Prativa lag nog naast hem te slapen, opgerold in haar rode sari. Hij bleef onbeweeglijk, met open ogen liggen nadenken. Sinds de vorige avond wist hij zeker dat Andrew Teck, en dus MI6, hem had voorgelogen. Dat kon enorme gevolgen hebben. Achter het bloedbad in het paleis had dus een complot gezeten, waarbij beslist de militairen en MI6 betrokken waren geweest. De enige persoon die hem verder zou kunnen helpen, was Kumar Dixit, de verdwenen adjudant.

De jonge Nepalezen die alle bezoekers van de Amerikaanse ambassade fouilleerden, kenden Malko nu en ze controleerden hem slechts oppervlakkig. Om hun geen angst aan te jagen, had hij de Webley onder de stoel van zijn Toyota laten liggen. Larry Doolittle begroette hem vriendelijk.

Zijn pijp hing in zijn mondhoek. 'Wat hebt u voor nieuws?' vroeg hij joviaal.
Kennelijk had hij geen echt nieuws verwacht, want Malko zag hem steeds kleiner worden naarmate hij verslag deed. Vooral toen hij het verraad van Andrew Teck aankaartte. De Amerikaan zweeg lange tijd geschokt, maar keek toen op. 'Ik zal Andrew om uitleg vragen.'
Malko keek hem strak aan. 'Vertrouwt u hem?'
Larry Doolittle reageerde geschokt. 'Ze zijn onze bondgenoten! De "neven" zijn onze beste bondgenoten.'
'Natuurlijk,' gaf Malko toe, 'maar Andrew Teck werkt voor MI6 en niet voor de CIA. Bij tegenstrijdige belangen zal hij natuurlijk voor zijn eigen partij kiezen, zelfs als hij daarvoor tegen u moet liegen.'
'Dat is waar, maar ik denk eerder dat hij door de Nepalezen is bedrogen.'
'Onmogelijk,' reageerde Malko meteen. 'Hij zei dat hij Kumar Dixit persóónlijk kende.'
Er viel een korte stilte. Larry Doolittle leek tien jaar ouder te zijn geworden. 'Hoe moeten we verder,' vroeg hij, 'als we Andrew links willen laten liggen? Ik heb geen contacten bij de Nepalese militairen. Zelfs niet bij de militaire inlichtingendienst, onze collega's. Ik heb de baas, Prajwal Shumsher Rana, een keer ontmoet. Wilt u dat ik Langley vraag of ze David Speeding, het hoofd van MI6, om uitleg vragen?'
'Dat zou zijn alsof je een dief vraagt de diamanten terug te brengen,' antwoordde Malko spottend. 'Nee, we zullen het zelf moeten opknappen. Ik heb nog wel een paar contacten die ik kan gebruiken,' vervolgde hij voorzichtig, en hij dacht aan de vriendin van Prativa. 'Maar ik wil het ook

via een andere weg proberen. Hebt u contacten hier in Kathmandu bij de NCP?'
De vraag verraste de Amerikaan duidelijk, en Malko zag aan zijn ogen dat hij hem in verlegenheid had gebracht. Na een korte stilte zei Larry Doolittle: 'Ja, een paar. Waarom?'
'Zij weten misschien meer over het complot. Het was tenslotte tegen u gericht.'
'We krijgen regelmatig informatie van een lid van de NCP in Kathmandu, ene Thana Giri. Ik geloof dat hij de contributie bij de winkeliers int.'
Anders gezegd: een afperser.
'Waar kan ik hem vinden?'
'Als ik hem wil spreken, laat ik in hotel Vajra een bericht namens Bardal voor hem achter.'
'Mooi,' zei Malko. 'Vertrouwt u hem?'
Weer leek Larry Doolittle duizend doden te sterven. Ten slotte beaamde hij met een zucht: 'Ja. We geven hem wel eens geld om ervoor te zorgen dat leden van de NCP acties leiden tegen de Chinese arbeiders die niet ver van de grens in Tibet een stuwdam bouwen.'
'Is dat alles?' vroeg Malko.
De Amerikaan stond op. 'Wacht, er is nóg iemand met wie u contact kunt opnemen. De vertegenwoordiger van Boeing in Nepal, Santosh Pokharel. Hij heeft heel wat contacten in het leger, want hij probeert hun helikopters te verkopen.'
Hij schreef de gegevens van Santosh Pokharel op een kaartje en gaf dat aan Malko. 'Succes,' zei hij.

7

De Toyota reed al enige tijd zigzaggend over smalle, onverharde wegen in het uiterste westen van de stad, bijna op het platteland. Op de top van een heuvel lag een enorme stoepa met een vergulde koepel, met daarnaast twee kleinere monumenten. Prakash, Malko's chauffeur, keek om en wees naar het complex: 'Swayambunath stoepa. Heel oud.'

Het was een van de oudste boeddhistische heiligdommen van de wereld. Ongeveer 2500 jaar oud. Hotel Vajra, dat zijn naam ontleende aan het vergulde attribuut van de stoepa, het symbool van de kracht van het boeddhisme, lag op een steenworp afstand. De Toyota stopte op het geplaveide voorplein. Het Vajra was heel klein en natuurlijk in rode baksteen opgetrokken, maar het zag er heel innemend uit. Malko ging de kleine hal in. Aan de muren hingen foto's en schilderijen. Er was geen lift, en een trap van donker hout bood toegang tot de vier verdiepingen en het terras. De gasten van het Vajra waren vooral kunstenaars en intellectuelen, die genoten van het in traditionele Nepalese stijl opgetrokken hotel.

Malko wendde zich tot de receptie. 'Meneer Thana?'

Het duurde even tot de naam was doorgedrongen tot de Nepalees, maar toen antwoordde hij knorrig: 'Is er niet.'

'Kan ik een boodschap achterlaten?'

Dat was duidelijk meer dan hij aankon. Hij verdween en kwam even later terug met iemand die een kruising leek tussen een mens en een yeti, met meer yeti dan mens in zich. Maar hij sprak Engels. Malko herhaalde zijn vraag.
'Ik ben de manager,' zei de yeti. 'U kunt een boodschap achterlaten. Meneer Thana is momenteel in Kathmandu.'
Malko liet een bericht achter met zijn telefoonnummer in het Yak and Yeti, en de magische naam Badal. Zijn volgende stap was de vertegenwoordiger van Boeing.

Het leek wel een uitdragerij. De Toyota was gestopt op een binnenplaats die grensde aan een tuin die vol lag met allerlei rommel en oud roest. Rechts lag een meubelwinkel en links een gebouw dat zo smerig was dat het op een stal leek. Maar het was een kantoorgebouw. Het geheel lag aan een armoedige straat in een volkswijk. Een slechte reclame voor Boeing...
Malko ging een piepklein kantoor in, waar een secretaresse met een bril zat die hem vriendelijk begroette. Ja, meneer Pokharel was er, maar hij had het heel druk.
Malko gaf haar zijn visitekaartje en schreef er de naam van het districtshoofd van de CIA op. Drie minuten later kwam er een gezette Nepalees binnen, met een dikke, hoornen bril op. 'Wat kan ik voor u doen?' vroeg hij.
'Ik zoek informatie,' begon Malko.
Santosh Pokharel onderbrak hem en zei enkele woorden tegen zijn secretaresse.
'Komt u mee naar hiernaast, naar het magazijn,' stelde hij voor. 'Daar kunnen we rustig praten.'
Ze liepen het binnenplein over naar een grote opslagruimte die vol stond met in plastic verpakte meubels. Malko

herkende meteen enkele creaties van Claude Dalle. Met een bedroefd gezicht zei Santosh Pokharel met een knik van zijn hoofd: 'Vroeger importeerde ik heel veel mooie meubels uit Parijs, maar sinds de crisis verkoopt het niet meer. Goed, wat kan ik voor u doen?'
Malko besloot hem zo weinig mogelijk te vertellen. 'Ik probeer een adjudant uit het paleis te vinden, Kumar Dixit. De adjudant van prins Dipendra. Hij schijnt te zijn verdwenen.'
De Nepalees was zo verstandig niet te vragen waarom hij verdween. Maar zijn antwoord was niet erg bemoedigend. 'Ik heb alleen contacten met de top, de chef-staf van het Nepalese leger. Maar mijn concurrent, de agent van British Aerospace, Khrisna Prasad, kan u misschien meer vertellen. Hij stond in contact met prins Dipendra.'
'Met prins Dipendra?' herhaalde Malko verbaasd. 'Waarom?'
De Nepalees glimlachte en stak een sigaret op met een Zippo met het logo van Boeing erin gegraveerd. 'Dat ligt een beetje ingewikkeld. Het is heel moeilijk om zwaar materieel aan het leger van Nepal te verkopen. De Indiërs verpesten de prijzen. Als ik de meubels niet had, zou ik van de honger omkomen. Khrisna Prasad vertegenwoordigt ook de Duitse wapenfabriek Heckler & Koch. Het Nepalese leger had namelijk lichte wapens nodig. Khrisna Prasad wist dat Dipendra gek was op wapens, en daarom heeft hij hem er een paar cadeau gedaan, in de hoop dat hij zijn invloed zou aanwenden bij degenen die over de wapenaankopen zouden beslissen.'
'Zou dat het wapen kunnen zijn dat is gebruikt om koning Birendra te vermoorden?' vroeg Malko.

'Misschien,' zei de Nepalees voorzichtig. 'In elk geval kon Khrisna Prasad het leger van Nepal zover krijgen dat ze zijn MP5's kochten. Dat zijn de beste, maar ook de duurste machinepistolen van de wereld.'
'Zijn invloed reikt ver,' merkte Malko op.
De ander glimlachte. 'Zeker, maar de Britten zetten alles op alles. H&K is nu eigendom van British Aerospace. Ze hebben zelfs een instructeur uit Engeland laten overkomen, speciaal om prins Dipendra de grote voordelen van dat wapen te demonstreren.'
Mooi zo, dacht Malko bij zichzelf. Een Brit had dus in contact gestaan met prins Dipendra. Daar moest MI6 van op de hoogte zijn. 'Kent u de naam van die instructeur?'
'Nee, helaas niet. Hij zal allang weer terug in Engeland zijn. De deal is getekend en prins Dipendra is dood.'
'De adjudant van prins Dipendra zal die man wel hebben gekend.'
'Beslist.'
Alles draaide telkens weer om Kumar Dixit.
De handelaar in meubels en helikopters keek op zijn horloge en stond op. 'Het spijt me dat ik u niet beter van dienst heb kunnen zijn. Ik zal eens bellen met een vriend van me, een kolonel bij de Gurkha's. Als ik iets weet, laat ik het horen.'

In het Yak and Yeti lag een bericht voor Malko klaar. Hij moest Andrew Teck op de ambassade bellen. Malko was op zijn hoede, maar kon de man van MI6 niet passeren. Hij belde hem vanuit zijn kamer.
'We hebben elkaar al een tijd niet meer gezien,' zei Andrew Teck op vriendelijke toon. 'Mag ik u uitnodigen in

mijn residentie te komen lunchen? Als u nog geen andere afspraak hebt...'
'Ik zal tijd vrijmaken,' beloofde Malko.

Het was er heel luxueus. Een veranda aan een vlekkeloos gazon, fantastische, keurig bijgehouden bananenbomen, een glimlachende maître d'hôtel die regelrecht uit *Drie lansiers uit Bengalen* afkomstig leek te zijn, en lamskoteletten die, gezien de kwaliteit, vast en zeker met het vliegtuig uit het moederland waren aangevoerd. Hoewel hij zelf een voorkeur had voor gin, had de vertegenwoordiger van MI6 toch een vijf jaar oude fles Defender en een Stolychnaja laten aanrukken. Andrew Teck was een en al vriendelijkheid, maar ze praatten slechts over koetjes en kalfjes. Hij kaartte de Amerikaans-Britse eenheid aan, die was versterkt door de strijd tegen Osama Bin Laden. Pas bij de appelkruimeltaart kwam hij ter zake: 'Nu uw onderzoek is afgesloten, hangt u zeker de toerist uit?' vroeg hij met een onvermoeibare glimlach.
'Een beetje,' zei Malko. 'Ik heb de Swayambunath stoepa bezocht.'
'Uitstekend,' zei de Brit. 'Er is in Kathmandu een heleboel te zien, wanneer u de tijd hebt.'
De maître d'hôtel kwam met een zilveren bord waarop een fles cognac en twee glazen stonden. Dat Andrew Teck van zijn traditionele sherry afzag, betekende dat hij probeerde Malko ergens toe over te halen. Terwijl hij de cognac tussen zijn handen opwarmde, vroeg hij op nonchalante toon: 'Wanneer vertrekt u uit Kathmandu? Als er nog tijd is, zou ik op de ambassade graag een diner voor u willen organiseren.'

Vandaar deze lunch, dacht Malko bij zichzelf. 'Ik blijf hier niet lang meer,' antwoordde hij. 'Misschien maak ik nog een vliegtochtje naar de Everest. Eerst moet ik mijn verslag voor Langley afronden, waarna Larry Doolittle het moet goedkeuren voordat het wordt doorgestuurd. Dat duurt een dag of twee, drie...'
Andrew Teck keek op zijn horloge, dronk zijn glas in één teug leeg en stond op. 'Goed, ik moet terug naar de ambassade. Als ik u nog ergens mee van dienst kan zijn...'
Ze verlieten samen de residentie en vertrokken in hun eigen auto's. Malko's antwoord leek de man van MI6 te hebben gerustgesteld.
In het Yak and Yeti lag een boodschap op Malko te wachten. Meneer Thana had gebeld om te zeggen dat hij om vier uur in het Vajra zou zijn, op het terras op de bovenste verdieping.

Het uitzicht was fantastisch en de vergulde koepel van de Swayambunath stoepa glansde op de heuvel aan de overkant in de ondergaande zon. Malko keek om zich heen: het kleine terras was leeg. Omdat hij tussen de receptie op de begane grond en het terras op de vijfde verdieping niemand was tegengekomen, stond hij op het punt terug naar beneden te gaan, toen een stem achter hem vroeg: 'Bent u de vriend van Badal?'
Hij draaide zich om. Een man was de trap op gekomen. Een vrij gezette Nepalees met grijs, naar achteren gekamd haar, een grote neus en een vriendelijk gezicht. Hij was gekleed in een dhoti en een grijs jasje en had een grote, zwarte leren tas in zijn hand.
'Bent u Thana Giri?'

'Ja.'
De twee mannen schudden elkaar de hand en namen plaats op het terras, uitkijkend op de stoepa. Thana Giri zette zijn tas neer en was zo gaan zitten dat hij de trap in de gaten kon houden. Toen hij zijn jasje opendeed, zag Malko de kolf van een pistool dat achter zijn riem stak.
'Ik ben voorzichtig,' legde de Nepalees uit. 'Ik heb veel geld bij me, en dat zou enkele agenten van de Internal Security Wing op verkeerde gedachten kunnen brengen. Ze zijn vreselijk corrupt.'
'Hebt u het geld bij een bank opgenomen?' vroeg Malko, zich naïef voordoend.
'Nee,' verbeterde de Nepalees, 'het is de vrijwillige bijdrage van enkele sympathisanten van onze beweging. Om wapens en munitie te kopen en de bevrijde gebieden te besturen.'
'Ik begrijp het,' zei Malko.
'Wat kan ik voor u doen?' vroeg Thana Giri.
'Ik doe onderzoek naar het bloedbad in het Nakayanhiti-paleis op 1 juni jongstleden,' zei Malko. 'Wat kunt u daarover vertellen?'
'Het was een complot,' antwoordde de Nepalees zonder te aarzelen. 'Om zich van de vorige koning, Birendra, te ontdoen.'
'Waarom zegt u dat?'
Thana Giri keek hem verbaasd aan. 'Heeft meneer Doolittle u dat niet verteld? De Amerikanen hielpen ons al vanaf het begin. Ze hadden begrepen dat deze absolute en volkomen corrupte monarchie spaak zou lopen. Ze hebben koning Birendra onder druk gezet om een deel van zijn macht af te staan. Dat was de eerste stap. Helaas heeft de

corrupte regering geen enkele hervorming doorgevoerd. Toen zijn we in 1996 met onze beweging gestart om de zaak in gang te zetten. Tevergeefs. Koning Birendra heeft het leger niet tegen ons ingezet, waardoor we konden doorgaan, zodat we nu in 45 van de 75 districten vertegenwoordigd zijn. Toen heeft koning Birendra onder druk van de Verenigde Staten de eerste-minister opgedragen een regering van nationale eenheid samen te stellen, waarin wij zouden kunnen deelnemen. Maar hij is vermoord voordat dat project kon worden afgerond, en de nieuwe koning denkt er geheel anders over. Hij heeft het leger het land in gestuurd, met de opdracht ons te doden. De onderhandelingen tussen de nieuwe eerste-minister en onze beweging gaan door, maar in feite zijn ze zinloos.'

'Hoe moet het verder?'

Thana Giri haalde zijn schouders op. 'We zullen de gewapende strijd weer moeten opnemen. En mettertijd, over twee of drie jaar, nemen we de macht over en is het afgelopen met de monarchie.'

'En wie schiet daar iets mee op?'

'Wij, om te beginnen. Vervolgens het land. We vechten tegen corruptie.' Hij keek op zijn horloge. 'Goed, ik moet gaan. Ik ga naar bevrijd gebied.'

'Wie zou er achter het complot van 1 juni kunnen zitten?' vroeg Malko.

De Nepalees maakte een ontwijkende beweging. 'Veel mensen hadden er belang bij. Corrupte politici die hun voorrechten niet wilden verliezen, maar vooral het leger, dat woedend was omdat het geen bevel had gekregen tegen ons te vechten.'

'Maar koning Birendra is door zijn zoon vermoord, niet

door een militair.'
Dat argument leek Thana Giri niet te deren. 'Misschien was het een dubbelganger en was hij al vóór de aanslag gedood. En zelfs als hij het wel zelf heeft gedaan, is hij gemanipuleerd. De enige machtige partij hier is het leger.'
'Was u niet bang voor een buitenlandse interventie?'
Thana Giri schudde zijn hoofd. 'Nee, dat denk ik niet. Hooguit misschien door India...'
Malko drong niet langer aan. De Nepalees wist duidelijk veel minder over het complot dan hij. 'Hoe kan ik eventueel weer contact met u opnemen?' vroeg Malko.
'Laat hier een boodschap voor me achter. Maar misschien ben ik een paar dagen weg.' Hij stond op. 'Weest u in elk geval voorzichtig. Er spelen heel grote belangen in deze zaak.'
Dat was de tweede keer dat hij werd gewaarschuwd. Het verhaal van Thana Giri sterkte hem in zijn overtuiging dat er sprake was van een complot, maar de man van de NPC had hem geen feiten kunnen geven. Als hij Kumar Dixit niet vond, zou hij geen stap verder komen.
Toen hij terugkwam in het Yak and Yeti, was het al donker. De pianist speelde verveeld Weense walsen voor de weinige gasten in de bar. Hij zag Anna Dickens in gesprek zitten met drie Nepalezen. Hij besloot aan de bar een glas wodka te drinken, toen de bediende achter de receptie met een telefoonhoorn in zijn hand naar hem zwaaide.
De verbinding was zó slecht, dat hij nauwelijks de stem van Santosh Pokharel herkende, de vertegenwoordiger van Boeing.
'Ik denk dat ik informatie voor u heb,' zei de Nepalees door het gekraak heen. 'Maar ik vertel het liever niet over

de telefoon.'

'Komt u hierheen.'

'Nee, we kunnen om zeven uur afspreken om in hotel Shanghai te eten. Dat ligt vlak achter uw eigen hotel, en daar is een goed Chinees restaurant.'

'Uitstekend. Tot straks,' zei Malko.

Het restaurant van het Shanghai werd verlicht door roze neonbuizen en was volkomen leeg, op de handelaar in helikopters en meubels van Claude Dalle na.

'Bent u iets te weten gekomen?' vroeg Malko, nadat ze hadden besteld.

De Nepalees liet zijn stem dalen. 'Ja. Ik heb u gezegd dat ik een bevriende kolonel bij de Gurkha's zou bellen. Hij wist van de transactie met Heckler & Koch, en ook dat een Brit hierheen was gekomen om te helpen de deal te sluiten.'

Tot nu toe was dit niets nieuws. 'Is dat alles?'

'Nee,' fluisterde Santosh Pokharel. 'Die man is nog steeds in Kathmandu.'

Malko's hartslag schoot omhoog. 'Weet u hoe hij heet?'

'Nee, maar hij logeert in hotel Summit, in Patan. Dat is een klein, goedkoop hotel, waar veel Britten komen. Daar moet u hem gemakkelijk kunnen vinden.'

Malko verborg zijn teleurstelling. Iemand vinden die hij niet kende, van wie hij geen naam en geen beschrijving had, een Brit in een hotel waar veel Britten kwamen... Toch bedankte hij.

Patan lag in het zuiden van Kathmandu. Het Summit was een bescheiden hotel op een heuveltop, dat bereikbaar was via een waar geitenpad. Op de parkeerplaats voor de ingang stond een dozijn auto's. Verderop lagen een zwembad en een openluchtrestaurant. Malko nam plaats en bestelde een ontbijt. Zoals elke ochtend was de lucht nog helder. De wolken kwamen pas tegen de middag.

Terwijl hij boter op zijn toost smeerde, dacht Malko na. Hij was zonder illusies naar het hotel gegaan. Hij begreep niet waarom de man van H&K in Kathmandu was gebleven. Sinds de moordpartij in het paleis waren bijna vier maanden verstreken. Bovendien, als zijn informatie juist was: hoe kon hij de man identificeren?

Het geluid van een auto deed hem omkijken naar het parkeerterrein. Hij zag een taxi stoppen en er stapte een vrouw uit. Eerst zag hij blond haar, maar toen schoot zijn hartslag omhoog – de vrouw die was uitgestapt, was Anna Dickens.

8

Het liefst had Malko zich onzichtbaar gemaakt, maar de jonge Britse keek zijn kant niet op en een parasol verborg Malko gedeeltelijk voor haar. Na een kort gesprek met de taxichauffeur liep ze snel het hotel in.
De taxi bleef staan wachten. Anna Dickens zou dus niet lang blijven. Inderdaad kwam ze even later terug, stapte weer in de auto en reed weg. Malko wachtte enkele minuten en liep toen de trap naar de ingang van het hotel op. Binnen zag hij rechts de receptie liggen, waar de enige bediende twee gasten iets op een kaart stond uit te leggen. Malko ging dichterbij staan en bekeek het sleutelbord. In het vakje van kamer 22 zat een opgevouwen stukje papier. Hij keek om zich heen, alsof hij iemand zocht, en ging terug naar buiten en naar het terras. Een uur later, toen hij zijn ontbijt op had, was er nog steeds niets gebeurd. Het feit dat Anna Dickens een bericht had achtergelaten of naar iemand had gevraagd, hoefde nog niets te betekenen. Misschien logeerde er een kennis in het hotel. Malko kon niet veel langer blijven zonder op te vallen. Net toen hij om de rekening vroeg, zag hij een auto het pad naar het parkeerterrein oprijden. Het was een witte terreinwagen. Malko volgde de auto met zijn blik en toen viel hem het merk op: Subaru. De chauffeur stapte uit. Het was een blanke man met kortgeknipt, grijzend haar, een sportieve

gedaante en gekleed in een T-shirt en een zeer Engels aandoende driekwart broek. De man verdween het hotel in. Malko wilde maar wát graag achter hem aan gaan, want bij het huis van Kumar Dixit, de adjudant van prins Dipendra, had een witte Subaru gestaan toen Malko er een bezoek had gebracht. De terreinwagen had een Nepalees nummerbord dat hij niet kon lezen, omdat de cijfers in het Sanskriet stonden. Malko bestelde nog een kop koffie. Tien minuten later kwam de chauffeur van de Subaru terug naar buiten, stapte in zijn auto en dertig seconden later reed hij het pad af. Malko wachtte tot hij uit het zicht was verdwenen en ging toen op zijn beurt het hotel in. Meteen zag hij dat het papiertje in het vakje van kamer 22 was verdwenen. De man logeerde dus waarschijnlijk op kamer 22.
Nu moest hij nog zien te ontdekken wie hij was.

'In kamer 22 van het Summit logeert een Brit die hier zes maanden geleden is aangekomen,' zei Prativa. 'Hij betaalt per maand, leidt een regelmatig leven en de mensen van het hotel denken dat hij voor het leger werkt, want hij krijgt talloze telefoontjes uit een legerkamp. Hij rijdt in een auto van hier, die hij te leen heeft, zegt hij zelf. Hij krijgt slechts zelden bezoek en belt nooit naar buiten.'
Malko was dolblij met zoveel informatie. De jonge vrouw nam een slok thee.
'Hoe weet je dat allemaal?' vroeg hij.
Nadat hij van het Summit was teruggekeerd, had hij de jonge vrouw gebeld en haar zijn probleem uitgelegd. Na hem te hebben aangehoord, had Prativa gezegd dat ze misschien wel een oplossing wist, en ze hadden afgespro-

ken thee te drinken in het Yak and Yeti. En dat deden ze nu. De jonge vrouw lachte. 'Ik heb gewoon mijn dienstmeisje naar het Summit-hotel gestuurd. Zogenaamd om werk te zoeken. Natuurlijk hadden ze dat niet, maar ze heeft met de bediende van de receptie gepraat.'
'Heeft ze de naam van die gast niet gehoord?'
'Daar heeft ze niet om gevraagd. Dat zou achterdocht hebben gewekt. Maar de receptionist vertelde dat de gast gisteren zou vertrekken, maar dat hij zijn verblijf plotseling heeft verlengd.'
Zou de verandering van zijn plannen iets te maken hebben met het bezoek van Anna Dickens? In elk geval moest hij koste wat het kost de onbekende man van de witte Subaru zien te identificeren.

Het was net zulk mooi weer als de vorige dag, en het openluchtrestaurant van het Summit, waar Malko voor de tweede keer was komen ontbijten, baadde in de zon. Voordat hij had plaatsgenomen, had hij gezien dat de witte Subaru op het parkeerterrein stond.
Net toen hij op zijn horloge keek – 8.45 uur – kwam de man van de Subaru het hotel uit en stapte in zijn auto. Malko wachtte tot hij het pad naar de hoofdweg af was gereden, pakte toen de zaktelefoon die hij de vorige dag had gehuurd en gaf een bericht door: 'Hij komt eraan.'

Net op het moment dat de Subaru-terreinwagen het pad van het Summit afkwam, dook er een kleine, rode Maruti op in de Kupundolelaan. De vrouw achter het stuur van de kleine auto remde te laat en raakte met haar voorkant de bumper van de andere auto.

De klap was niet hard, maar de twee auto's kwamen tot stilstand. De chauffeur van de witte Subaru sprong woedend naar buiten. Enkele nieuwsgierigen verzamelden zich al om de auto's heen. Uit de Maruti stapte een vrouw in een sari, die geschrokken reageerde. De chauffeur van de Subaru ging woedend tegen haar tekeer. 'Had u me niet gezien?'

'U reed te hard,' antwoordde de jonge vrouw met onzekere stem. 'Ik kon niet op tijd stoppen.'

Er stond al een dertigtal mensen om hen heen. De chauffeur van de Subaru bekeek de Maruti, die half onder zijn enorme bumpers was geschoven. 'Probeer achteruit te rijden,' zei hij.

De vrouw stapte in haar auto en reed onder het kabaal van krakend metaal een stukje achteruit. Er was alleen blikschade, de zijkant van haar auto was gedeukt. De Subaru had niets.

'Nou, het ziet er niet ernstig uit,' zei de man.

'We moeten de verzekeringspapieren invullen,' zei de vrouw vastbesloten.

'Hoe groot schat u de schade?' vroeg de ander meteen.

De jonge vrouw glimlachte verontschuldigend. 'Het is niet mijn eigen auto, maar die van een vriendin. U moet me uw naam en die van uw verzekering geven.'

De nieuwsgierigen begonnen opmerkingen te maken en namen het op voor de Nepalese vrouw. Woedend stapte de man met tegenzin in de Subaru en pakte zijn papieren. Hij kon de zaak het beste zo snel mogelijk afhandelen, anders zou hij nog worden gelyncht. Hij mocht blij zijn dat de vrouw Engels sprak.

'Hij heet Timothy Mason en is in het bezit van een Brits paspoort, nummer 6547FD987, uitgegeven op 4 januari 1996. Ik heb enkele visa gezien. Hij heeft heel wat afgereisd.'

Uit voorzorg hadden ze na het 'ongeluk' in Prativa's appartement afgesproken. Malko nam de gegevens van de chauffeur van de Subaru over. Hij herkende niets. De Subaru stond op naam van een Brits bedrijf, de Sandline Corporation en het nummerbord was in Kathmandu uitgegeven.

'Ik denk niet dat hij iets vermoedt,' zei Prativa.

Malko hoopte het, want anders wist Timothy Mason nu wie Prativa was. Hij moest er nog zien achter te komen wat hij in Kathmandu deed. 'Ik ga naar de Amerikaanse ambassade,' zei hij.

Malko wachtte in het kantoor van het districtshoofd van de CIA al twintig minuten bij een ondrinkbare kop koffie toen de Amerikaan eindelijk terugkwam van zijn bespreking met de ambassadeur. In zijn armen had hij een stapel dossiers.

Malko vertelde hem kort hoe hij de man had geïdentificeerd die met prins Dipendra in contact had gestaan, en hij gaf hem het stukje papier waarop hij de naam en het nummer van het paspoort had geschreven. Larry Doolittle keek ernaar en verstrakte meteen. 'Timothy Mason! Weet u het zeker? Hij is tekeergegaan op Papua Nieuw-Guinea.'

Nu was het Malko's beurt om verbaasd te reageren. 'Kent u hem?'

'Als het degene is die ik denk, dan wel. Hij is een Britse huurling, een voormalige kolonel van de SAS, held van de

Falklandeilanden. Erelid van de Royal Military Academy Sandhurst, en sindsdien is hij ondergronds gegaan. Hij is een van de beste mensen van MI6.'

Malko kon zijn geluk niet op. Eindelijk had hij een verband tussen MI6 en prins Dipendra. 'Weet u zeker dat het dezelfde is?' drong hij aan.

'Dat kunnen we spoedig nagaan,' zei het districtshoofd. 'Ik stuur een bericht naar Langley. Daar weten ze vast alles over hem. Ik waarschuw ook ons kantoor in Londen. Vanavond kom ik verslag doen in uw hotel. Daar kunnen we eten.'

Weifelend tussen opgetogenheid en twijfel nam Malko afscheid. Als Timothy Mason betrokken was geweest bij een complot om koning Birendra te vermoorden, waarom was hij dan drie maanden later nog in Nepal?

'U mag me zeggen of hij het is,' zei Larry Doolittle. Hij haalde enkele kleurenfoto's uit zijn tas. Ze waren van vrij ver genomen, maar toch duidelijk.

Malko aarzelde geen moment. Het was inderdaad de man uit het Summit. 'Hij is het,' zei hij.

De Amerikaan schraapte zijn keel. 'Hij heeft gewerkt in Angola, Sierra Leone, Papua Nieuw-Guinea, Noord-Ierland en Bosnië en hij heeft meerdere geheime operaties voor MI6 uitgevoerd. Hij heeft zelfs een bedrijf opgericht dat huurlingen rekruteert. Maar daarmee moest hij stoppen, omdat het te veel opviel. Londen zei dat hij niet in Groot-Brittannië is, maar dat ze niet weten waar hij zich nu bevindt.'

'Nepal,' verzekerde Malko hem. 'Wat doet hij hier?'

'Daar is misschien een eenvoudige verklaring voor,' op-

perde de Amerikaan. 'Het Nepalese leger wordt gereorganiseerd. We geven hun er een miljoen dollar per jaar voor. Timothy Mason is misschien hier als adviseur.'
Malko glimlachte spottend. 'Zo iemand is hij niet.'
'Dat is waar,' gaf de Amerikaan toe. 'Maar anders...'
Ze keken elkaar aan, terwijl er twee enorme T-bone-steaks werden gebracht, waar ze een vermogen voor moesten betalen. Koeien waren in Nepal heilig, net als in India. Het was verboden ze te doden, en het was nog strenger verboden ze te nuttigen. Het vlees werd diepgevroren uit Australië geïmporteerd.
De Amerikaan wist duidelijk niet wat hij met de situatie aan moest. 'U denkt dus dat die Tim Mason iets met het bloedbad van 1 juni te maken heeft?'
'Dat weet ik nog niet zeker,' zei Malko, 'maar er is wel sprake van een reeks opvallende toevalligheden. Volgens uw vriend Santosh Pokharel had hij vanwege een wapendeal contact met prins Dipendra. Hij kwam dus in het koninklijk paleis.'
De Amerikaan zuchtte. 'Ik kan niet geloven dat onze "neven" ons iets dergelijks zouden aandoen. En voor rekening van wie? Van India?'
'Alles is mogelijk,' antwoordde Malko. 'We moeten die Tim Mason schaduwen, om precies te weten wat hij nu doet.'
Zodra Malko terug op zijn kamer was, ging de telefoon. Het was Prativa, en haar stem trilde van opwinding. 'Ik heb met mijn vriendin, Gupta, gegeten,' zei ze. 'Ze heeft me heel spannende dingen verteld. Kom morgen in Thamel met me lunchen. Om één uur in de Rum Doodle.'

De wijk Thamel, ten westen van het koninklijk paleis, was slechts een reusachtige bazaar, waar het wemelde van de *backpackers*: toeristen met een bescheiden budget, die zich door de plaatselijke sloeries lieten masseren en ganja rookten.
Het grootste deel van de wijk was alleen voor voetgangers toegankelijk. De Rum Doodle was gemakkelijk te vinden en bestond uit een opeenhoping van gewelven en terrassen. Prativa zat al aan een tafeltje dat uitkeek op de tuin. Nog voordat Malko kon plaatsnemen, zei ze: 'Timothy Mason heeft gebeld!'
Malko ging zitten, en hij wist niet wat hij ervan moest denken. 'Hoe komt hij aan je nummer?'
'Dat verbaast mij ook,' zei de jonge vrouw. 'Ik heb het hem niet gegeven en sta niet in het telefoonboek. Hij moet het van de politie hebben gekregen.'
'Wat wilde hij?'
'Dat is nog vreemder: eigenlijk niets bijzonders. Hij wilde weten of ik niet te zeer was geschrokken. Hij was heel vriendelijk en stelde voor morgen in zijn hotel iets met hem te komen drinken. Maar ik vertrouw het niet helemaal. Wat vind jij?'
'Dat voorspelt weinig goeds,' zei Malko. 'Hij is op zijn hoede. Hij is een beroeps van de inlichtingendienst, dus waarschijnlijk wekt elke ongewone gebeurtenis zijn achterdocht. Hij wil weten of het echt een ongeluk is geweest of niet. Als hij weet wie je bent, kan hij dankzij je contacten met Andrew Teck bij mij uitkomen.'
Prativa verbleekte. 'Mijn god! Ik ben bang. Als hij verantwoordelijk is voor de dood van prins Dipendra, kan hij...'
'Je loopt geen enkel risico,' verzekerde Malko haar. 'Sla

zijn uitnodiging af, dat is veiliger. Ik denk niet dat hij zal aandringen.'

Prativa was flink geschrokken. Ze riep de ober en bestelde een dubbele Defender met ijs. Malko nam het zichzelf enigszins kwalijk dat hij haar erbij had betrokken, maar hij had verder geen contacten in Kathmandu. Toch verwachtte hij niet dat Tim Mason haar kwaad zou doen. Daar was hij te voorzichtig voor.

Prativa nam een grote slok van haar Defender, en Malko liet haar eerst tot rust komen, voordat hij zei: 'Wees niet bang, Prativa. Hij zal je met rust laten. Maar vertel me nu eens over je vriendin, Gupta.'

Prativa sloeg verlegen haar blik neer. 'Ik weet nu niet meer of ik je moet vertellen wat ze heeft gezegd. Ik ben bang.'

'Vertel maar,' zei Malko. 'Het is heel belangrijk.'

'Gupta was het afgelopen jaar de maîtresse van Dipendra. Elke dag kwam hij naar haar slaapkamer om ganja te roken en de liefde te bedrijven. Bij haar voelde hij zich veilig, want ze had geen ambities en vroeg hem nergens om.'

'Vertelde hij over zichzelf? Over zijn plannen?'

'Ja,' zei ze zacht. 'Ze wist van zijn wapenhandel af. Dipendra heeft van een deel van zijn commissie een ring voor haar gekocht. Hij zei dat ze elkaar zouden blijven ontmoeten wanneer hij koning zou zijn.'

'Ging hij met haar om terwijl hij ook met Devyani een relatie had?'

'Ja. Hij kwam ook graag bij Devyani, maar zij was te ambitieus. Bij Gupta voelde hij zich beter op zijn gemak.'

'Was dat alles?' drong Malko aan.

'Nee. Gupta vertelde dat Dipendra haar had toevertrouwd dat hij een man had ontmoet die hem eindelijk serieus nam en hem niet als een klein kind behandelde, zoals zijn moeder. Een man die hem had toegefluisterd dat hij koning van Nepal zou kunnen worden als hij dat wilde.'

9

Malko kon zijn geluk niet op. Langzaam maar zeker legde hij een ondoorzichtig netwerk bloot en verscheen er licht aan het einde van de kronkelige tunnel. 'Wie was die man?' vroeg hij.

'Ze weet zijn naam niet. Een Brit.'

'Een militair of een burger?'

'Dat weet ze ook niet, maar hij is vaak in het militaire opleidingskamp Channi, in het westen van de stad. En hij heeft banden met de Gurkha's, want hij is door de adjudant van de prins, Kumar Dixit, aan prins Dipendra voorgesteld. Hij is een wapenhandelaar en heeft hem een machinepistool cadeau gedaan. Bovendien heeft hij hem een commissie toegezegd wanneer het leger er meer van zou aanschaffen. Later waren de prins en die buitenlander steeds vaker samen te vinden. Bovendien begon Dipendra een nieuw soort joints te roken: tabak en ganja, zoals altijd, maar met een wit poeder erbij. Wanneer Dipendra dat rookte, werd hij helemaal gek, om daarna in slaap te vallen.'

'Dat was cocaïne,' zei Malko.

Prativa schudde haar hoofd. 'Nee, dat denk ik niet. In Kathmandu is geen cocaïne. Volgens Gupta moet het een chemisch poeder zijn geweest.'

Meteen moest Malko aan 'angel dust' denken, een synthetische drug. In elk geval leek het erop dat prins Dipendra een hersenspoeling had ondergaan.

'Op de dag van het drama,' vervolgde Prativa, 'heeft Dipendra Gupta gebeld. Hij was vreselijk opgewonden en zei dat hij binnenkort groot nieuws had.'

'Hij had dus al besloten zijn familie te doden,' zei Malko. 'Dat komt overeen met wat prinses Ketaki me heeft verteld. Door iedereen te bellen, probeerde hij te weten te komen wie er zouden komen en wie niet. Maar wat me verbaast is dat hij, om koning te worden, zijn vader moest vermoorden. Hoe kunnen ze een vadermoordenaar op de troon zetten?'

De Nepalese glimlachte welwillend. 'Dit is Nepal, weet je? Dipendra zou gewoon de troon hebben bestegen. Na de dood van zijn vader is hij tot koning uitgeroepen. De koning is immers onaantastbaar. De Nepalezen zien de leden van de koninklijke familie als goden, met hun eigen wetten.'

'Toen hij haar belde, verwachtte hij dus niet zelf om het leven te komen,' concludeerde Malko. 'Er is kennelijk iets onverwachts gebeurd. Wat vind jij ervan?'

'Ik weet het niet,' antwoordde Prativa. 'Gupta is bang dat haar telefoon is afgeluisterd en dat ze haar ook zullen vermoorden. De militaire inlichtingendienst is hier heel machtig en hoeft alleen aan de koning verantwoording af te leggen.'

Malko luisterde al niet meer. Zijn onderzoek was een flink stuk opgeschoten. Twee getuigen bevestigden dat prins Dipendra in nauw contact had gestaan met een Brit die in wapens handelde. De conclusie lag voor de hand dat deze Brit en Timothy Mason een en dezelfde persoon waren.

Maar waarom was hij in Nepal gebleven, als hij verantwoordelijk was voor de aanslag? Daar moest hij een zeer gegronde reden voor hebben. Het draaide telkens weer om dezelfde persoon: de verdwenen adjudant, Kumar Dixit.
Prativa boog zich naar hem toe en vroeg zacht: 'Denk je dat de man die in het Summit logeert verantwoordelijk is voor het bloedbad?'
'Die kans bestaat,' gaf Malko toe. 'Maar ik heb nog geen enkel bewijs.'
Hij betaalde en ze liepen de drukke straten van Thamel op, waar bijna elke vierkante meter werd bezet door winkels, massagesalons en bars.
'Heeft Gupta je alles verteld?' vroeg Malko.
'Ja, ik denk het wel.'
Misschien kon hij nog meer te weten komen. 'Kende ze Kumar Dixit?'
'Ze zag hem soms wanneer ze naar het paleis ging, maar ze heeft hem nooit gesproken.'
'We zouden terug kunnen gaan naar zijn vrouw,' stelde Malko voor. 'Hij is de spil van mijn onderzoek. De enige die kan vertellen wat er werkelijk op de avond van 1 juni is gebeurd. Daarna ga ik naar de Amerikaanse ambassade. Die ligt in de buurt van het woonhuis van Kumar Dixit. Ga je mee?'
'Graag,' zei Prativa. 'Maar wat wil je haar vragen?'
'Of ze nieuws over haar man heeft.'
Ze reden naar het noorden. Overdag was het verkeer een chaos, en het kostte hun bijna veertig minuten voordat ze bij het groene hek van het huis aankwamen. Malko belde aan en enkele tellen later deed de bediende open. In zijn ooghoek zag Malko de rode auto in de garage staan. Devi

Dixit was dus thuis. Prativa overlegde met de bediende, waarna die naar binnen verdween. Drie minuten later kwam hij terug en hij zei dat zijn meesteres niet thuis was... Het had geen zin ertegenin te gaan. De bediende durfde hen niet recht aan te kijken, en Malko vertrok.

Larry Doolittle leek alle ellende van de wereld op zijn schouders te torsen. Met half toegeknepen ogen en aan zijn pijp trekkend, had hij Malko aangehoord. Hij blies een blauwe rookwolk uit en zei bedachtzaam: 'Dat is een uiterst verontrustend verslag. Ik begrijp niet waarom onze neven zo hebben gehandeld.'
'Ik ook niet,' gaf Malko toe, 'maar als het inderdaad zo is gegaan, moet Londen er zelf achter zitten.'
'Ik zal een situatieverslag naar Langley sturen,' stelde de Amerikaan voor. 'Het probleem is dat we geen bewijs hebben. Maar als onze neven erachter komen dat we hen verdenken, en als ze onschuldig blijken te zijn...'
Malko begreep dat hij de CIA in verlegenheid had gebracht met zijn onthullingen. Het districtshoofd had dit vast niet verwacht. Met een ontwapenende glimlach zei hij: 'Ik denk dat u alles hebt gedaan wat u kon doen. Zolang we die Kumar Dixit niet in handen hebben, komen we geen stap verder. Laten we op het antwoord van Langley wachten en een paar dagen rust nemen.'
Daar viel niets tegen in te brengen. Malko nam afscheid van Larry Doolittle. Technisch gesproken had hij voorlopig niets om handen. Hij zou met Prativa de Kamasutra verder kunnen doornemen en de toerist kunnen uithangen door de talloze stoepa's in Kathmandu te bezoeken. Maar oude stenen hadden hem nooit zo kunnen bekoren. Terug

in het Yak and Yeti gaf de receptionist hem een briefje met een boodschap: Anna Dickens vroeg of hij haar wilde bellen. Kennelijk had ze hem zijn verkrachting vergeven. Op zijn kamer koos hij haar nummer en ze nam meteen op.

'Ben je er? Ik kom meteen naar je toe.'

Even later stapte ze uit de lift en kuste hem of er niets aan de hand was. Deze omhelzing wekte Malko's libido en hij drukte haar stevig tegen zich aan.

'Malko,' zei ze, 'wat ben ik blij je weer te zien.'

Het leek bijna een liefdesverklaring.

'Ik ook,' zei hij, zonder haar los te laten. 'We zouden vanavond samen kunnen gaan eten.'

'Vanavond kan ik niet,' zei de jonge Britse, 'maar ik wil je uitnodigen voor een uitstapje.'

'Een uitstapje? Waarheen?'

'Niet ver. Vijfentwintig kilometer ten noorden van Kathmandu ligt een door de maoïsten "bevrijd" dorp. Ze hebben me gevraagd om te kijken of ik daar opnamen zou kunnen maken. Het is een weinig bekend deel van Nepal. Ik krijg een auto met chauffeur, maar durf er niet alleen naartoe te gaan. Zou je mee willen gaan? We kunnen binnen een dag terug zijn.'

Ze zag er aandoenlijk uit zoals ze hem aankeek, met vooruitpriemende borsten. Onwillekeurig heel sexy, maar ook terughoudend. Zonder erbij na te denken, zei Malko: 'Graag. Hoe laat wil je vertrekken?'

'Zeven uur. Is dat niet te vroeg?'

'Nee, nee. Ik vind het jammer dat we niet samen kunnen eten.'

Anna Dickens sloeg verlegen haar blik neer. 'Vanavond

eet ik met Andrew Teck op de ambassade. Hij heeft een paar mensen uitgenodigd die ik voor mijn reportage wil spreken.'
'Dan zien we elkaar morgen,' zei hij.

De oude, vuilwitte terreinwagen, een in India gebouwde Mahindra, braakte een zwarte rook uit wanneer je gas gaf, en om de twee kilometer moest er water worden bijgevuld. De koppeling dwong de chauffeur – een heel donkere Nepalees met spleetogen – tot een verwoede strijd met de versnellingsbak, wat zich uitte in een fel gekraak van mishandelde tandwielen wanneer hij schakelde.
En schakelen moest hij!
Sinds ze de geasfalteerde weg ten noorden van Kathmandu hadden verlaten en de onverharde weg naar het dorp Samudradevi, in het district Nuwakot, op waren gegaan, hadden ze geen tien meter gereden zonder een bocht in de weg. De weg passeerde met oerwoud bedekte heuvels en zat vol met kuilen, drassige plassen en enorme rotsblokken. De terreinwagen hobbelde als een dronken schip, en kwam bijna tot stilstand wanneer de helling te steil was, om dan weer met brullende motor op te trekken. De chauffeur hield het stuur met opeengeklemde kaken vast en reed continu vlak langs diepe afgronden, die telkens links of rechts van de weg gaapten.
'Is het nog ver?' vroeg Anna Dickens, die tussen de chauffeur en Malko in zat.
Ze zaten als sardientjes in een blikje op de voorbank geperst, verdoofd door het kabaal van de oude diesel en stikkend in de zwarte walm uit de uitlaat. De schokbrekers hadden al lang geleden de geest gegeven en ze bonsden bij

elke kuil met hun hoofden tegen het plafond. Ze waren een uur geleden uit Kathmandu vertrokken, maar dat leek een eeuwigheid geleden.
'Twee uur,' zei de chauffeur, terwijl hij de volgende haarspeldbocht nam.
Malko had zijn zwarte, leren tas met daarin de oude Webley, die hij uit voorzorg had meegenomen, op de vloer gezet. Zijn ene hand had hij om Anna's schouders geslagen en met de andere hield hij zich aan het portier vast. Al een kilometer lang hadden ze geen bebouwing meer gezien en het oerwoud liep door tot aan de weg. Maar de kuilen in de weg waren dieper dan ooit.
Plotseling drong er een vreemde lucht in de wagen door en begon de motor te schokken. Kalm zei de chauffeur met een verontschuldigende glimlach: 'Er moet water bij.'

De motor sloeg af. De chauffeur sprong naar buiten en opende de motorkap, waaronder vandaan een zwarte rook opsteeg. Ze stonden midden in het bos. Met flessen, die ze achterin hadden liggen, vulde hij de radiateur, na die te hebben laten afkoelen. Malko en Anna waren in de wagen blijven zitten.
'Ik ben gebroken,' zuchtte de jonge vrouw. 'Ik wist niet dat het zó erg zou zijn.'
Tien minuten later reden ze verder voor de volgende etappe. Plotseling zagen ze na een bocht in de weg een door een soldaat bewaakte wegversperring.
'Dat is de laatste militaire post,' legde Anna Dickens uit. 'Hierna bevinden we ons in het gebied van de maoïsten. Maar omdat het een natuurpark is, moet je toegang betalen.'

De chauffeur stapte uit om in een wachthokje te gaan betalen, terwijl Malko en Anna de benen strekten. Uit barakken die in het oerwoud stonden, kwamen soldaten naar buiten, die hen nieuwsgierig bekeken.
'Is het niet gevaarlijk om verder te gaan?' vroeg Malko. 'Ze schijnen elke agent die ze tegenkomen te vermoorden.'
Anna Dickens glimlachte. 'Ja, dat is waar. Agenten en regeringsambtenaren. Maar ze hebben tot nu toe nooit een vinger uitgestoken naar buitenlanders. Bovendien worden we verwacht.'
Het addertje onder het gras was dat 'tot nu toe'.
Ze reden verder. De weg werd steeds steiler, een waar geitenpad. De chauffeur nam telkens een aanloop om de helling in volle vaart te nemen, vlak langs de afgrond, waarbij hij soms tot aan de assen in de modder wegzakte. Ze moesten nog twee keer stoppen om water bij te vullen. Het zicht werd beperkt door het dichte oerwoud, behalve wanneer ze in een ruime bocht uitkeken op de zich eindeloos uitstrekkende heuvels, die doorliepen tot aan de toppen van de Himalaya, die ze aan de horizon zagen liggen. Eindelijk, na een tweeënhalf uur durende marteling, zagen ze onder zich op een open plek enkele stenen huizen liggen, die werden omgeven door hellingen met sawa's en maïsvelden. De chauffeur stopte voor een half ingestort huis.
Aan een lange bamboestok op het dak wapperde een rode vlag met een hamer en een sikkel erop. Er kwam een man naar buiten in militair aandoende kleding, een helm op zijn hoofd en een oud Lee-Enfield 300-geweer over zijn schouder. Hij hief zijn rechterarm met een gebalde vuist

op en zei een toonloos 'lal salal'.
Achter hem aan kwamen nog vijf guerrillero's naar buiten, die de bezoekers nieuwsgierig bekeken.
'Kameraden,' zei de eerste, die een beetje Engels sprak, 'welkom in bevrijd Nepal.'
Langzaam maar zeker verscheen als uit het niets een tiental kinderen en vrouwen, allemaal in sari en met een sluier om het hoofd. De soldaten zetten aluminiumborden op een brede plank en de chauffeur pakte de resterende waterflessen die niet door de radiateur waren verbruikt. Een oude vrouw kwam met een pan waarin een niet al te smakelijk uitziend brouwsel zat dat bestond uit een mengsel van linzen, kleffe rijst en stukjes kip, die meer uit stukken teen dan uit wit vlees leken te bestaan...
Omdat ze rammelden van de honger, aten ze. Met hun vingers. Bestek was niet aanwezig.
Het landschap was fantastisch. Zover het oog reikte, strekten de groene heuvels zich uit, maar de armoede was schrijnend. De mannen waren in vodden gehuld en de vrouwen droegen gescheurde sari's. Ze waren blootsvoets, tandeloos en ze zagen er allemaal ongezond uit. Het waren de Middeleeuwen, op twee uur rijden van Kathmandu. De onmogelijke droom van alle ecologen: geen elektriciteitsmasten, dus geen elektriciteit en televisietoestellen, geen stromend water en geen artsen en apotheken. Sinds kort was er door de Verenigde Naties een school gevestigd.
In deze vallei woonden meer dan vijfduizend mensen, maar vervoer was er niet. De paden waren zelfs voor terreinwagens onbegaanbaar.
Anna Dickens keek vol ongeloof om zich heen. De gids liet hun de huizen zien, de buffels en de school. De meis-

jes van het dorp volgden hen vol verbazing – ze hadden nog nooit blond haar gezien. Daarna klommen ze bijna op handen en voeten een pad op, dat uitkwam bij een groengeverfd huis met een golfplaten dak, dat in een maïsveld stond. Het zag er veel beter uit dan de andere huizen. Op ernstige toon legde hun gids uit: 'De bewoners van dit huis hebben hun dochters van twaalf jaar oud aan een bordeel in Bombay verkocht. Zesduizend roepie per stuk. Daarvan konden ze een dak kopen. Maar binnenkort komen ze terug.'
'Mooi,' riep Anna blij uit. 'Konden ze ontsnappen?'
'Nee,' zei de gids, 'zodra ze aids hebben, worden ze teruggestuurd.'
Anna Dickens zweeg vol afgrijzen.
Malko keek naar het oerwoud dat zich onder hen uitstrekte. 'Komt het leger hier nooit?' vroeg hij.
'Nooit,' zei de gids. 'Ze durven niet.'
Ze gingen terug naar hun terreinwagen. Malko keek op zijn Crosswind: drie uur. Het werd vroeg donker. Ze konden beter teruggaan. Anna Dickens was opgetogen: 'Dit is prachtig om te filmen,' zei ze. 'De mensen zijn zo arm. Ze hebben niets.'
Ze lieten wat geld en flessen water achter, waarna ze de radiateur vulden met het water van een bron. Tegen elke verwachting in startte de diesel van de Mahindra na lang aarzelen.
Doodmoe lag Anna met haar hoofd tegen zijn schouder te dommelen. Plotseling gleed de terreinwagen naar opzij en hij kwam dwars op een steile helling tot stilstand. Links gaapte een steil ravijn en rechts lag dicht oerwoud. De chauffeur probeerde het nog eens en nam een aanloop,

maar opnieuw moest hij midden op de helling stoppen, de neus van de wagen gevaarlijk dicht bij de afgrond. Anna was wakker geschrokken. ‘Het spijt me dat ik je hierin heb betrokken,’ zei ze.
De chauffeur keek hen spijtig aan. ‘Ik denk dat u moet uitstappen. Het lukt me niet met u in de auto tegen de helling op te komen.’
‘Vooruit dan maar,’ verzuchtte Malko.
Hij pakte zijn tas en sprong in de modder, waarna hij zijn hand uitstak voor Anna. Hand in hand liepen ze de helling op, de grootste modderplassen ontwijkend. Malko keek om: de ramen van de terreinwagen zaten zó erg onder de modder dat hij de chauffeur zelfs niet kon zien. Die liet de motor brullen en opnieuw ging de Mahindra in de aanval. Hij had nog geen drie meter gereden of er klonk een oorverdovend salvo van een automatisch wapen, en de voor- en zijruiten van de wagen vlogen aan stukken. Als verlamd zag Malko hoe de chauffeur over zijn stuur in elkaar zakte. Er klonk een tweede salvo, dat de deuren van de stilstaande auto doorzeefde.
Ze probeerden hen te vermoorden!

10

Malko tuurde in de dichte, groene muur van het oerwoud, dat doorliep tot aan de weg. Het was onmogelijk om iemand te zien. Kennelijk dachten de aanvallers dat ze nog in de auto zaten. Als verlamd bleef Anna Dickens op de grond liggen. Malko pakte haar hand en trok haar naar de steile afgrond langs de weg. Al gauw konden ze zich niet meer vasthouden en gleden ze van boom tot boom omlaag, tot ze op de bodem van een smal ravijn terechtkwamen. Malko kroop naar een omgevallen boomstam, Anna met zich mee trekkend, en keek omhoog naar de weg.
Geen enkel teken van leven.
'Wat gebeurt er?' stamelde Anna Dickens, die trilde als een espenblad.
'Ze hebben geprobeerd ons te vermoorden,' zei Malko. 'Ze dachten dat we nog in de auto zaten. De chauffeur heeft ons leven gered door ons te laten uitstappen. Helaas is hij zelf wel getroffen, denk ik.'
'Maar wie zou dat hebben gedaan? Andrew Teck zei dat...'
Malko negeerde de vraag. 'Dat zien we later wel.'
'Mijn god. Wat moeten we nu doen?'
Malko siste kort: 'Kijk uit!'
Aan de rand van de weg verscheen een in het groen geklede gedaante. De aanvallers hadden kennelijk ontdekt dat

ze niet in de Mahindra zaten en zochten hen nu. Malko besefte plotseling dat zijn tas nog aan zijn arm hing, en hij haalde er de oude Webley van Prativa uit. Anna slaakte een kreet. 'Je bent gewapend!'
Malko kreeg geen tijd om te antwoorden. Er klonk een salvo vanaf de weg en de kogels sloegen om hen heen in. Ze hoorden kreten in het Nepalees, en er verscheen nog een gedaante. Malko hield zijn wapen met beide handen vast en haalde de trekker over. De grote revolver maakte een hels kabaal en de gedaante verdween.
Het werd meteen weer stil.
Ze maakten weinig kans: een revolver met nog vijf patronen tegen machinepistolen. Maar iemand opjagen die ongewapend is, was iets anders dan iemand achtervolgen die zich kon verdedigen. Verscholen achter een boom bekeek Malko de weg. De schutters zouden zich bloot moeten geven wanneer ze hen zouden komen zoeken. Waarschijnlijk waren het geen helden...
De minuten verstreken in een drukkende stilte. Hij keek op zijn horloge: ze waren hier nu al twintig minuten, maar de aanvallers zouden hen kunnen staan op te wachten.
'Wat doen we?' fluisterde Anna.
'We verplaatsen ons.'
Ze kropen evenwijdig aan de weg over de bodem van het ravijn, beschermd door de dichte begroeiing. Nog steeds geen teken van leven van hun aanvallers, en het begon al donker te worden. Al snel bereikten ze het einde van het ravijn. Ze hadden de keus zich op onbekend terrein te wagen of terug naar de weg te klimmen.
'Wacht hier op me,' zei Malko. 'Kom straks achter me aan. Als het misgaat, hou je je hier tot morgenochtend

verborgen.'
Anna Dickens klemde zich aan hem vast. 'Nee, ik ben zo bang. Ik ga met je mee.'
Ze klauterden tegen de steile helling omhoog, zo nu en dan hijgend pauzerend. Malko was als eerste bij de weg. Na een tijdje te hebben geluisterd, waagde hij het over de rand te kijken. Eerst naar rechts, waar ze vandaan kwamen. De auto stond voorbij een bocht in de weg en het oerwoud was volkomen ondoordringbaar. Hij wachtte met kloppend hart en kroop toen verder de weg op. Anna bleef gehurkt achter.
Er gebeurde niets.
Hij stak haar zijn hand toe. Ze hoorden vogels krijsen, maar verder was het stil.
'Zullen we de auto gaan halen?' stelde de jonge vrouw voor.
Dat praatte Malko haar meteen uit het hoofd. 'Misschien wachten ze ons daar op,' zei hij. 'Bovendien is hij waarschijnlijk kapot. We kunnen beter lopend verder gaan. De militaire post moet hier zo'n tien kilometer vandaan liggen.'
Hij pakte de hand van de jonge vrouw beet en samen gingen ze op weg. Terwijl ze liepen, werd het snel donker. Zwijgend liepen ze door, struikelend in de kuilen, met bonkend hart en alert op het minste geluid.

'Daar is de post!' zei Malko.
Door de begroeiing heen zag hij licht, maar Anna Dickens reageerde niet. Ze was doodmoe en slaapwandelde bijna. Als Malko haar niet zou hebben meegetrokken, zou ze langs de kant van de weg zijn blijven zitten.

Het was een nachtmerrie. Maar de dreiging was voorbij. Malko borg de oude revolver op in zijn tas en strompelde verder. Al zijn spieren deden pijn. De weg klom en daalde onophoudelijk en telkens waadden ze door de modder.
Plotseling dook er een gedaante voor hen op. Het was een Nepalese soldaat met een oud machinepistool in zijn hand. Malko bleef meteen staan. De ander verwachtte duidelijk geen voetgangers. 'We zijn aangevallen,' zei hij.
De soldaat herkende de buitenlanders, maar hij sprak geen Engels. Ze moesten naar het wachthuisje om iemand te vinden aan wie ze konden uitleggen wat er was gebeurd. Een Gurkha-officier keek hen vol medelijden aan. Anna lag met haar hoofd op tafel te slapen.
'Ik stuur meteen een patrouille,' zei de officier. 'Het moeten de maoïsten zijn geweest. Ons durven ze niet aan te vallen, anders nemen we wraak.'
'Hebt u misschien een auto voor ons?' vroeg Malko. 'Onze auto staat hier ver vandaan en doet het waarschijnlijk niet meer.'
Na een kort overleg werden ze in een jeep gezet die nog gammeler was dan hun eigen terreinwagen, maar een uur later liepen ze de hal van het Yak and Yeti binnen. Spoken, bedekt met modder, onherkenbaar, gehavend en uitgeput.

Zodra Malko de volgende ochtend wakker was, belde hij hotel Vajra. 'Ik wil een boodschap voor meneer Thana achterlaten,' zei hij.
Even bleef het stil, en toen zei de bediende: 'Meneer Thana is hier. Wilt u hem spreken?'
Dat had hij niet verwacht. Zodra hij de geldinner van de maoïsten aan de lijn kreeg, stak Malko van wal: 'Ik wil u

onmiddellijk spreken. Het is belangrijk.'
'Goed,' zei de Nepalees. 'Maar niet hier, ik wilde net weggaan. Komt u over een halfuur naar Bagh Bazar, een huis vlak naast het Holiday Taj-hotel. Het is de deur naast de fotowinkel. Het ligt niet ver van uw hotel.'
Het was inderdaad niet ver en lag in het verlengde van de Dilli Market, in een volkswijk vol met allerlei soorten winkels. Het gebouw naast het Holiday Tay had één verdieping en een golfplaten dak. Het zag er vervallen uit en was aangetast door vocht. Er kwamen allerlei elektriciteitskabels naar buiten, die naar een elektriciteitsmast liepen waarin een transformator hing. Zodra Malko de donkere gang in was gegaan, kwam er een jongeman naar hem toe die gebaarde hem te volgen. Thana Giri zat in een kale ruimte op een oud vloerkleed papieren te sorteren.
'Wat is er?' vroeg hij.
Malko vertelde hem wat er de vorige dag was gebeurd en sloot af met een vraag: 'Waarom zijn we door de maoïsten beschoten?'
Thana Giri reageerde meteen. 'Dat zijn de maoïsten niet geweest,' zei hij. 'Om verscheidene redenen. Om te beginnen zitten we midden in onderhandelingen met de regering, en we willen de zaken niet verergeren. Verder vallen we buitenlanders niet aan. En bovendien hebben we in dat gebied geen gewapende eenheden.'
'Toch zag ik in het dorp gewapende militieleden van uw partij.'
'Dat klopt,' gaf Thana Giri toe. 'Maar die mogen het dorp niet uit. En ze mogen het vooral niet op een gewapend treffen met de vijand laten aankomen. Bovendien, u zei dat u automatische wapens had gehoord?'

'Ja.'
'Die hebben ze niet.'
'Kan het geen andere eenheid zijn geweest?' drong Malko aan, 'die ons voor regeringsagenten heeft aangezien?'
De Nepalees leek zich niet te laten overtuigen. 'Nee,' zei hij, 'onmogelijk. We hebben een heel goede inlichtingendienst. Een lid van de cel in Kathmandu werkt in het Yak and Yeti. Als u het doelwit van een operatie zou zijn geweest, zou hij ervan hebben geweten. En ik ook. Maar ik kan navraag doen, wanneer u dat wilt.'
'Wanneer denkt u meer te weten?'
'Vanavond. Kom om zes uur hier terug. Dit is een van onze bases in de stad, want er zijn meerdere uitgangen.'
Als het de maoïsten niet waren geweest, wie was er dan verantwoordelijk voor de hinderlaag?

Larry Doolittle, het districtshoofd van de CIA, schrok duidelijk van Malko's verslag. 'Dat pad is volkomen veilig!' protesteerde hij. 'De maoïsten zijn maar wát blij wanneer buitenlanders hun dorp zo dicht bij Kathmandu komen bezoeken. Ik ben er zelf geweest, en de Franse ambassadeur ook. Wat er met u is gebeurd, is ongelooflijk.'
'Dat is het zeker,' merkte Malko op, 'want ik geloof dat ik nog geen gevaar kan betekenen voor de samenzweerders van 1 juni. Want ik ben op een dood spoor beland. Het is zo erg dat ik mijn onderzoek heb moeten staken.'
'Het is inderdaad onbegrijpelijk,' gaf de Amerikaan toe. 'Weet u zeker dat u het doelwit was?'
'In elk geval onze auto. Zoveel verkeer is er niet op die weg...'

Anna Dickens was eindelijk haar kamer uitgekomen en zat in een tweedelig badpak bij te komen bij het zwembad.
'Ik heb het Andrew verteld,' zei ze toen ze Malko zag. 'Hij denkt dat het de maoïsten zijn geweest. Die hebben al eerder auto's van de VN aangevallen om ze te vernietigen. Maar ze lieten de inzittenden altijd eerst uitstappen.'
'En het kantoor dat de terreinwagen heeft geleverd?'
'Dat weet nergens van. Ze hebben iemand gestuurd om de auto te halen en om te zien wat er met de chauffeur is gebeurd.'
Malko ging naast haar in de zon liggen. Hij had niets te doen vóór zijn afspraak met Thana Giri.

Thana Giri zat in een andere kamer op Malko te wachten. Deze was iets beter ingericht, met oude, doorgezakte banken, een laag tafeltje, een lamp en een versleten vloerkleed.
'Bent u meer te weten gekomen?' vroeg Malko terwijl hij plaatsnam.
De geldinner knikte. 'Ja. Vanwege de onderhandelingen met de regering zijn er veel commandanten en hooggeplaatste kameraden in de stad. Ik kan u zeggen dat niemand van ons u heeft aangevallen. Uw bezoek was goedgekeurd door kameraad Khrisna Mahara, de commandant van het district Nuwakot. U bent door anderen aangevallen.'
Hier dacht Malko even over na. Uit voorzorg vroeg hij toch: 'Is er geen enkele kans op een vergissing?'
'Geen enkele,' antwoordde Thana Giri. 'Onze eenheden worden strak in de hand gehouden en niemand toont ooit eigen initiatief.'

'Wie kan er dan op ons hebben geschoten?'
De Nepalees haalde zijn schouders op. 'Ik weet het niet. Maar de enigen die zich in dat gebied wagen, zijn de eenheden van het detachement dat de controlepost op de weg naar Samudradevi bemant.'
'Hebben ze de terreinwagen gevonden?'
'Ja. Hij is gevonden door de bus die de verbinding tussen Samudradevi en Kathmandu onderhoudt. De chauffeur is dood en de auto is doorzeefd met kogels. Hij staat nu in het dorp, want we hebben hem in beslag genomen.'
Malko begon het steeds somberder in te zien. Maar hij wist voldoende. Deze onthullingen waren al erg genoeg. Thana Giri keek hem vragend aan. 'En u?' vroeg hij. 'Hebt u enig idee wie er heeft geprobeerd u te vermoorden?'
'Misschien,' zei Malko ontwijkend. 'Blijft u in de stad?'
'Ik vertrek naar Dhulikhal, in het noordoosten, waar we een bijeenkomst hebben. Over twee dagen ben ik terug. U kunt me via het Vajra bereiken.'
'Dank u,' zei Malko.
Anna Dickens zat in de hal thee te drinken toen hij in het hotel terugkwam. 'Zullen we gaan eten?' stelde hij voor. 'Gisteren zijn we het misgelopen.'
De jonge Britse straalde. 'Dat is een goed idee. Ik ga me omkleden.'

Anna Dickens had zich op-en-top verzorgd. Haar lange, blonde haar viel golvend op haar rug en haar make-up was bescheiden maar efficiënt en benadrukte haar blauwe ogen en blauwe japon met voorsluiting. Dezelfde als die waarin Malko haar had aangerand. Was dat een voorteken?

'Zullen we naar het Hot and Fire gaan?' stelde ze voor. 'Dat is een Italiaans restaurant in Thamel. De koninklijke familie komt er vaak.'

De chauffeur kende het. Het lag in een doodlopende straat, aan de rand van Thamel. Het was een piepkleine pizzeria in een op een chalet lijkende omgeving. Het rook er sterk naar de keuken, maar het was er rustig. Malko begon met een Bloody Mary en Anna met een Defender zonder ijs. Ze was nog steeds niet geheel van de emoties bekomen. Na de pizza's te hebben besteld, keken ze elkaar aan, en meteen betrokken de ogen van de jonge vrouw. 'Je hebt gisteren mijn leven gered,' zei ze. 'Zonder jou zou ik dood zijn geweest. Maar hoe kom je aan dat wapen?'

'Een cadeautje,' zei Malko, 'dat ik niet in het hotel wilde laten rondslingeren. Maar laten we het over iets anders hebben.'

Ze begonnen aan hun pizza. Malko kon zijn blik niet afhouden van het diepe decolleté, dat een fantastisch uitzicht bood op de witte borsten van de journaliste. Zij keek Malko langdurig aan en zei plotseling zacht: 'Ik weet niet hoe het komt, maar ik geloof dat ik zin heb om met je te vrijen.'

'Dat hebben we al eens gedaan,' merkte Malko fijntjes op. Anna's gezicht betrok.

'Nee, je hebt me verkracht, dat is niet hetzelfde. Ik vind niet dat ik mijn vriend toen ontrouw ben geweest. Maar nu is het anders.'

Ze schoof de nauwelijks aangesneden pizza opzij. 'Ik heb geen trek.'

'Ik ook niet,' zei Malko.

Daarbij moest gezegd worden dat deze tempel van koninklijke gastronomie ronduit slecht was. Onderweg naar het Yak and Yeti spraken ze geen woord en ze gingen rechtstreeks naar de kamer van de jonge vrouw. Zodra ze binnen waren, draaide ze zich naar Malko om en omhelsde hem met heel haar lichaam. Ze kuste hem met een kinderlijke onstuimigheid, haar armen om zijn nek geklemd, en maakte zich net ver genoeg van hem los om hem de gelegenheid te geven de knoopjes van haar jurk open te maken. Toen keek ze met een vochtige blik toe hoe hij zich uitkleedde. Zodra hij naakt was, knielde ze voor hem neer en nam hem in haar mond. Malko wikkelde haar lange blonde haar om zijn hand en ze kreunde van genot, terwijl ze hem nog enthousiaster bevredigde.
Voorzichtig trok Malko haar beha uit en hij bevrijdde haar volle borsten, waarmee hij meteen begon te spelen. Toen trok hij Anna overeind, en al kussend duwde hij haar kanten slipje langs haar dijen omlaag.
Toen hij haar nam, drong hij in één keer zonder enige weerstand bij haar naar binnen. Tegen de muur leunend, met een troebele blik in haar ogen en een naar voren gekanteld bekken bleef Anna hem kussen, slechts gekleed in haar pumps.
Malko draaide haar om, drukte haar met haar borsten tegen de muur, spreidde haar benen iets en nam haar opnieuw, maar nu achterlangs.
'O, mijn god!'
Ze boog iets naar voren. Met opengespreide billen en haar handen tegen de muur gedrukt onderging ze Malko's stoten. Zo ging hij lange tijd door, zijn handen om haar heupen geklemd. Anna begon steeds heftiger te schokken

en ving Malko's stoten op. Toen trok hij zich uit haar terug, wat Anna een teleurgestelde kreet ontlokte, en hij liet haar op de rand van het bed knielen. In die houding kon hij haar nog dieper nemen. Met haar handen in de lakens klauwend en met holle rug kreunde de journaliste van genot, terwijl ze kronkelend de penis in zich opnam. Opnieuw trok Malko zich terug. Het was té verleidelijk en Anna Dickens kreunde zelfs niet toen ze begreep wat hij wilde. Ze was minder soepel dan Prativa, maar onderging Malko's aanval zonder te protesteren. Diep in haar billen begraven, genoot hij ten volle, en opnieuw nam hij haar als een wild beest. Anna trilde over haar hele lichaam, en Malko zag dat ze met schokkende bewegingen zichzelf streelde. Daardoor kwam ze precies klaar op het moment waarop Malko zich diep in haar billen leegspoot.

Languit op het bed, met haar hoofd in de holte van Malko's schouder, lag Anna Dickens naar het nieuws op BBC World te kijken. Het ging nog steeds over de 'oorlog' tegen Bin Laden en de Taliban. Ze lag na te genieten van haar orgasme. Met een tot rust gekomen stem vroeg Malko: 'Anna, besef je wel dat je gisteren bijna bent vermoord?'

De Britse schrok op. 'Natuurlijk. Ik ben nog nooit van mijn leven zó bang geweest. Waarom vraag je dat?'

'Ik heb je nog niet alles verteld wat ik weet,' legde Malko uit. 'Vandaag heb ik iemand van de maoïstische beweging ontmoet, die me heeft bezworen dat ze niets met de aanval te maken hebben.'

'Dat liegen ze!' riep Anna uit.

'Dat denk ik niet.'

'Wie zouden ons dan aangevallen kunnen hebben?'
Kennelijk was ze even onschuldig als haar grote, blauwe ogen. Malko gaf niet meteen antwoord. Dit was het moment om toe te slaan, maar hij mocht zich niet vergissen.
'Anna,' zei hij, 'wie heeft je gevraagd een bericht af te geven bij Timothy Mason, kamer 22 van hotel Summit?'
De verbazing tekende zich scherp af op het gezicht van de jonge vrouw. 'Timothy Mason? Wie is dat?'
Opnieuw leek het of ze het echt meende. De zaak was nog ingewikkelder dan Malko had gedacht. 'Ben je drie dagen geleden niet naar het Summit gegaan?'
'Ja, natuurlijk wel,' zei ze. 'Andrew Teck had me een boodschap meegegeven voor kamer 22, maar ik weet niet voor wie ze was. Hij zei dat hij geen tijd had om te gaan en dat het dringend was. Maar hoe weet je dat?'
'Ik heb je gezien,' zei Malko.
'En wat heeft dat te maken met de aanval van gisteren?'
'Wist Andrew Teck van de expeditie af?' vroeg Malko na enige aarzeling.
Opnieuw wist Anna Dickens niet wat ze hoorde. 'Natuurlijk. Hij heeft het allemaal geregeld. Hij heeft voor een auto en een chauffeur gezorgd. Toen hij me over het dorp vertelde, dacht ik meteen dat het misschien een goed idee voor mijn programma was.'
'Heeft hij je ook voorgesteld mij mee te nemen?'
Na die vraag leek de jonge vrouw in elkaar te krimpen. Ze durfde Malko niet recht aan te kijken. 'Ja,' gaf ze toe. 'Hij zei dat je het vast leuk zou vinden en uitstekend reisgezelschap zou zijn. Hij zei zelfs dat je toch tijd overhad en dat je me maar al te graag het hof wilde maken. Waarom vraag je dat allemaal?'

'Om erachter te komen wie er gisteren heeft geprobeerd ons onderweg te vermoorden,' antwoordde Malko.
De jonge Britse keek hem nu ontsteld aan. 'Je denkt toch niet dat Andrew Teck er iets mee te maken heeft?' vroeg ze vol ongeloof.
Malko richtte zijn blik op haar grote, witte borsten, waarop de afdrukken van zijn vingers nog te zien waren. 'Jawel,' zei hij. 'Dat denk ik wel.'
Anna Dickens drukte haar hand tegen haar mond en het bloed trok weg uit haar gezicht. 'Mijn god,' stamelde ze, 'dat is onmogelijk.'

11

'Helaas is het wel degelijk mogelijk,' hield Malko vol. 'Ik zal je een geheim vertellen: ik ben lid van de Central Intelligence Agency, en Andrew Teck van MI6, de Britse inlichtingendienst.'

'Ik dacht dat hij diplomaat was,' zei Anna Dickens.

'Dat is hij ook. Ik ben naar Kathmandu gestuurd om het mysterie rond het bloedbad in het koninklijk paleis van 1 juni op te helderen. De CIA vindt de officiële uitleg weinig geloofwaardig. Maar hier in Nepal laten de Amerikanen het verzamelen van inlichtingen over aan de Britten, die hier al heel lang veel beter vertegenwoordigd zijn. Andrew Teck heeft dus alle gegevens van zijn onderzoek doorgegeven aan Larry Doolittle, de vertegenwoordiger van de CIA in Kathmandu. Toen ik aan mijn onderzoek begon, dacht ik nog dat zijn verslag te vertrouwen was, maar langzaam maar zeker begon ik vreemde dingen te ontdekken, onsamenhangendheden waardoor ik begon te denken dat het geen crime passionnel was, maar een politiek complot. Alles wat ik heb ontdekt, wijst in de richting van Andrew Teck.'

Anna Dickens stond op en trok een kamerjas aan. Toen pakte ze een sigaret, en meteen gaf Malko haar vuur met zijn gegraveerde Zippo. Ze kwam in kleermakerszit naast hem zitten, en het genot op haar gezicht maakte plaats voor een zenuwachtige spanning. Malko vervolgde: 'De man naar wie je in hotel Summit een boodschap hebt gebracht, is een bekende Britse huurling, die gespecialiseerd is in clandestiene operaties. Niemand wist dat hij in Nepal was, maar Andrew Teck moet dat geweten hebben. Bovendien stond die man in nauw contact met prins Dipendra.'

Anna sperde haar ogen wijdopen. 'Hoe weet jij dat allemaal?'

'Dat is mijn vak,' zei Malko. 'Ik denk dat Andrew Teck bang werd dat mijn onderzoek compromitterend voor hem zou kunnen worden, waarop hij besloot me om te brengen.'

Vol ongeloof schudde Anna Dickens haar hoofd. 'Heeft hij op ons geschoten?'

'Natuurlijk niet. Misschien Timothy Mason. Hij kan het goed vinden met het leger van Nepal. Of anders was het een Gurkha-commando, dat in opdracht van hem handelde. Wat ons heeft gered, is dat de ramen van de terreinwagen zo vuil waren dat de schutters niet zagen dat we er niet meer in zaten.'

'Bedoel je,' zei Anna Dickens met verstikte stem, 'dat Andrew mij ook wilde vermoorden?' Ze barstte in snikken uit.

'Het ging hem vast niet om jou,' suste Malko haar, 'maar hij kon niet anders.'

'Dat is onmogelijk!' protesteerde ze. 'Ik ben met hem naar bed geweest. Hij is zo aardig, zo attent. Daarom wilde ik de eerste keer de liefde niet met je bedrijven.'

'Ik weet dat het hard is,' gaf Malko toe. 'Maar ik ben bang dat het de waarheid is.'

'De schoft! Ik zal hem meteen zeggen hoe ik over hem denk!'
'Doe dat vooral niet,' zei Malko snel. 'Hij zal alles ontkennen, en ik heb geen enkel bewijs. Bovendien zal hij dan proberen jou ook uit de weg te ruimen.'
'Wat moeten we dan doen?'
'Niets,' zei Malko. 'We blijven doen alsof we denken dat we door maoïsten zijn aangevallen. Nu zal hij misschien opnieuw proberen jou te gebruiken om mij in de val te lokken.'
'Maar waarom vertel je me dat allemaal?'
'Ik wilde zeker weten dat het geen toeval was dat je me hebt meegenomen.'
Ze beet op haar lippen. 'Het lijkt wel een nachtmerrie.'
Anna Dickens was geschokt en leek niet meer te luisteren. Malko begreep nu dat in het bericht dat Anna naar Timothy Mason had gebracht waarschijnlijk had gestaan dat de huurling in Kathmandu moest blijven tot hij Malko had omgebracht.

Prativa en Malko zaten tegenover elkaar in de grote zaal van het restaurant Bhojan Gripha en gedroegen zich als toeristen. Op het podium midden in de zaal danste een handvol mannen en vrouwen op melancholisch klinkende Tibetaanse muziek. Prativa was gekleed in een prachtige, paarse sari en vermoedde duidelijk niets van Malko's ontrouw.
'Je moet me helpen,' zei hij voordat hij aan de eeuwige schapencurry begon.
'Waarmee?'
'We moeten een manier vinden om in contact te komen

met Devi Dixit. Zij weet beslist waar haar man is. Zou je vriendin, Gupta, de vroegere maîtresse van Dipendra, haar misschien kennen?'
'Ik kan het haar vragen,' zei Prativa zonder veel enthousiasme. 'Maar Devi Dixit zal heel bang zijn.'
'Je moet haar uitleggen dat haar man in gevaar verkeert en dat ik hem wil helpen.'
'Ik zal het proberen,' beloofde Prativa.

Het was druk op de receptie van de Indiase ambassade, die de grootste van Kathmandu was. Er waren tientallen vrouwen in kleurige sari's, een Indiaas orkest en behalve enkele 'burgers' waren alle in Nepal gezetelde diplomaten van de partij.
Met een glas Defender in haar hand liep Anna Dickens de zalen door. Plotseling stond ze oog in oog met Andrew Teck, die met een Duitse diplomaat stond te praten. De jonge vrouw bleef als aan de grond genageld staan en begon te blozen. De Brit stelde hen aan elkaar voor, maar de Duitser liep al snel verder. Andrew Teck keek Anna kwaad aan. 'Ik zie je niet zo vaak meer...'
'Ik heb het druk,' stamelde de journaliste. 'En ik ben laatst erg geschrokken.'
Andrew Tecks gezicht betrok, en vol medelijden zei hij: 'O, ja, die vreselijke gebeurtenis onderweg. Ik heb Buitenlandse Zaken verslag gedaan van de gewijzigde tactiek van de maoïsten. Toeristen moet nu worden ontraden zich buiten Kathmandu te begeven.'
Anna had gedacht dat ze de diplomaat naar de keel zou vliegen, maar ze voelde zich nu heel klein onder zijn ontwapenende blik en charmante glimlach. Alsof hij haar

gedachten kon lezen, nam Andrew Teck haar bij de arm en hij fluisterde in haar oor: ‘Laten we samen weggaan. Hier komen alleen ouden van dagen. Zullen we bij mij iets gaan drinken?’
Ze durfde geen nee te zeggen. Hij zou haar toch niet wurgen... Een halfuur later vertrokken ze samen. De chauffeur van Andrew zette hen af bij de zijdeur van de ambassade van Groot-Brittannië, waardoorheen ze rechtstreeks in de bungalow van Andrew Teck uitkwamen. Rondom de residentie liepen enkele zwijgende Gurkha’s hun wachtronden. Andrew Teck liep fluitend verder en leek in een uitstekend humeur te zijn. Op zijn gemak vulde hij twee glazen Defender en hij hief toen het zijne. ‘Schat,’ zei hij, ‘ik denk dat ik opnieuw voor je charme val.’
Anna voelde zich week worden. Ze dronk de whisky in één slok op, en toen Andrew Teck haar in zijn armen nam, was ze al drijfnat.
Hij tilde haar op en droeg haar de kamer door. Zonder haar uit te kleden, trok hij haar slipje langs haar dijen omlaag, nam positie in en drong in haar, staande voor de bank. Deze ruwe aanval maakte zo’n indruk op de jonge Britse dat ze vrijwel gelijk klaarkwam, met haar slipje nog om haar linkerenkel.
Als een ware gentleman aarzelde Andrew Teck geen moment en hij kleedde zich snel weer aan, zich discreet afwendend, zodat zijn partner hetzelfde kon doen. Daarna vervolgden ze het gesprek daar waar ze gebleven waren. Maar Anna voelde zich niet op haar gemak. Ze keek Andrew met een vurige blik aan en wierp zich toen in zijn armen.
‘Wat is er, schat?’ vroeg hij verbaasd.

Anna barstte in snikken uit. 'O, Andrew, het is vreselijk. Ik ben gek geweest, ik vertrouwde je niet.'
Het bloed van de MI6-agent stolde in zijn aderen, maar het lukte hem met een redelijk normale stem te vragen: 'Vertrouwde je me niet? Maar waarom niet in hemelsnaam?'
Tussen het snikken door vertelde ze hem over Malko's verdenkingen. Het lukte Andrew Teck zich te beheersen, en hij bleef geheel onbewogen. Hij had de Amerikanen dus inderdaad onderschat. In gedachten maakte hij snel een correctie: zijn tegenstander was een Europeaan, en dat was iets anders. Hij liet Anna uithuilen en zei toen opgewekt: 'Het maakt allemaal niet uit, schat. Hij was gewoon bang en wist niet wat hij zei. Ik ben ervan overtuigd dat hij zelf eigenlijk geen woord gelooft van wat hij zegt.'
Anna keek hem met rode ogen aan. 'Denk je, Andrew?'
'Ik weet het zeker. Hij is een goede vent, uit een uitstekende familie. Ik geloof dat hij een Oostenrijkse hertog is, of zoiets.'
Gerustgesteld droogde Anna haar tranen. Ze nam zich voor nooit meer met een buitenlander naar bed te gaan. Malko was de eerste en de laatste geweest. Andrew glimlachte haar geruststellend toe. 'Nou, schat, nu moet ik je helaas alleen laten. Ik moet een paar dringende telegrammen versturen. Mijn chauffeur brengt je naar huis. En vergeet deze onzinnige geschiedenis alsjeblieft.'
Hij liet haar uit, kuste haar hand en liep snel naar zijn kantoor. Hij moest dringend voor eens en altijd met die agent van de CIA afrekenen.

12

Malko had een ingeving gekregen die hij zo snel mogelijk met Larry Doolittle wilde bespreken. Intussen wachtte hij af tot Prativa eindelijk een bruikbaar contact met de vrouw van Kumar Dixit zou hebben gelegd. Weer moest hij zich laten fouilleren door de Nepalese beveiligingsdienst van de Amerikaanse ambassade, waarna hij het kantoor van de droevige secretaresse binnenging. Larry Doolittle zat in vergadering met de ambassadeur.

Eindelijk kwam de Amerikaan binnen, met zijn pijp in de mond, en zijn gezicht betrok toen hij Malko zag. 'Ik heb mijn verslag voor Langley nog niet klaar,' zei hij verontschuldigend.

Malko glimlachte. Hij had al begrepen dat hij in de ogen van het districtshoofd van de CIA een spelbreker was, want Malko's onderzoek zou de contacten met de nieuwe machtshebbers in Kathmandu kunnen schaden. Malko stelde hem meteen gerust: 'Daar kom ik niet voor. Ik wilde met u van gedachten wisselen over enkele ideeën.'

'O, mooi. Komt u binnen,' zei de Amerikaan duidelijk opgelucht. 'Waar gaat het over?'

'Over de aanval op de weg uit Samudradevi. Ik denk dat er twee redenen voor waren.'

'Welke dan?' vroeg Larry Doolittle, na plaats te hebben genomen op de bank en zijn pijp te hebben aangestoken.

'Om te beginnen wilden ze mij natuurlijk uit de weg ruimen,' legde Malko uit, 'maar wanneer Anna Dickens en ik samen zouden zijn gedood, zou dat een uitstekende gelegenheid zijn geweest om een nieuw offensief tegen de maoïsten te openen.'
De Amerikaan haalde zijn pijp hoofdschuddend uit zijn mond. 'Mijn god, dat is waar. Een duivels plan. Maar dat betekent dat de chef-staf van het Nepalese leger erbij betrokken is.'
'Misschien niet de chef-staf,' zei Malko, 'maar in elk geval wel de militaire inlichtingendienst. Als er een complot is geweest, moeten zij ervan op de hoogte zijn geweest.'

De menigte die op blote voeten in de richting van het Kanti-ziekenhuis liep, dat aan het einde van de onverharde weg naar Lazimpat lag, in het noorden van Kathmandu, schonk geen aandacht aan de grijze Rover met geblindeerde ramen die langs de kant stond. Andrew Teck, die achter het stuur van de Rover zat, voelde zijn onrust groeien. 'Tim,' herhaalde hij, 'ik heb je echt nodig.'
Tim Mason zweeg. Hij was met een taxi naar de kruising met de ringweg gegaan, waar de man van MI6 hem had opgepikt. Voordat hij antwoord gaf, stak hij een sigaret op met zijn Zippo, die hem op de Falklandeilanden het leven had gered door een kogel af te ketsen die hem beslist zou hebben gedood. 'Andrew,' zei hij ten slotte, 'ik kan niet doen wat je van me verlangt.'
Andrew Teck bleef onbewogen. 'Ik weet dat het veel gevraagd is,' gaf hij toe, 'maar als je plan niet zou zijn mislukt, zou het ook niet nodig zijn geweest.'

Tim Mason glimlachte minzaam. Met zijn gebruinde gezicht, blauwe ogen en regelmatige trekken zag hij eruit als een playboy. 'Ik denk dat mijn werk erop zit,' zei hij. 'Wat gebeurt, gebeurt.'
'Je hebt fantastisch werk verricht,' gaf Andrew Teck toe, 'maar dat is niet alles. Als de dienst ontdekt wat we hebben gedaan, zal dat veel stof doen opwaaien.'
Tim Mason glimlachte. Ze hadden de dood van een tiental mensen op hun geweten. 'Andy,' zei hij, 'ik ben ervan overtuigd dat je ons probleem heel goed zelf kunt oplossen. Een lokale kracht kan dat net zo goed als ik. Het wordt hoog tijd dat ik hier vertrek.'
Hij nam een trek van zijn sigaret en het bleef even stil. Andrew Teck voelde de grond onder zijn voeten wegzakken. Hij had Tim Mason beslist nodig. 'Tim,' zei hij op dwingende toon, 'het spijt me dat ik moet aandringen, maar dit moet je echt voor me doen. We zitten tenslotte in deze situatie omdat de zaken anders zijn gelopen dan verwacht.'
Tim Mason begon er genoeg van te krijgen. 'Dat was niet te voorzien,' antwoordde de huurling. 'Mijn werk zit erop,' herhaalde hij.
'Maar...' begon Andrew Teck.
Tim Mason keek hem met een ijzige blik aan. 'Andrew, het was een groot genoegen om met je te werken. Er is een eenvoudige oplossing voor je probleem: vraag Londen zwart op wit om instructies. Dan is er geen enkel probleem meer en ben ik je man.'
Schoft, dacht Andrew Teck. Hij wist heel goed dat de centrale nooit toestemming zou geven om een agent van de CIA te elimineren. 'Dat is een goed idee,' zei hij echter

met een zo overtuigend mogelijk klinkende stem. 'Ik stuur meteen een telegram naar Londen.'
'Dank je, Andy. Dat moet lukken.' Voordat de man van MI6 kon antwoorden, opende hij het portier en stapte hij uit. Met een vriendelijke zwaai van zijn hand liep hij weg, inwendig kokend van woede.
Andrew Teck had hem opnieuw bedonderd. Toen hij had voorgesteld de inzittenden van de auto in maoïstisch gebied aan te vallen, om zo een reactie van het Nepalese leger uit te lokken, was hem niet gezegd wie er in de auto zouden zitten. Pas achteraf had Tim Mason gehoord dat het om een Britse journaliste en een agent van de CIA ging. Als de operatie zou zijn geslaagd, had hij zijn verdere carrière wel op zijn buik kunnen schrijven. Die smerige bureaucraat had hem de waarheid niet gezegd. Door zulke fouten gebeurde het dat je jaren later, op een moment waarop je het het minst verwachtte, plotseling onder de metro werd geduwd...

'Ik denk dat je wel blij zult zijn,' zei de zachte stem van Prativa.
Malko's hartslag schoot omhoog. Drie uur lang had hij doelloos op zijn kamer zitten wachten. 'Wil Devi Dixit ons ontvangen?' vroeg hij.
'Ik heb mijn vriendin Gupta gesproken, en ze heeft me het privé-nummer van Kumar Dixit gegeven. Dat had ze van prins Dipendra gekregen, want de Gurkha kwam haar vaak thuis ophalen om haar naar het paleis te brengen. Ik heb zojuist gebeld, kreeg Devi Dixit aan de lijn en heb haar uitgelegd dat ik een vriendin van Gupta ben en haar iets belangrijks over haar man wilde vertellen. Eerst rea-

geerde ze erg terughoudend, maar ten slotte ging ze ermee akkoord me te ontmoeten.'
'Bij haar thuis?'
'Nee, bij een sariverkoper in de buurt van Durbar Square. Vandaag om zes uur.'
'Heb je haar over mij verteld?'
'Nee, maar je kunt meegaan. Als alles goed gaat, zal ik je aan haar voorstellen.'

Het huis dicht bij Durbar Square leek op het punt te staan in te storten. Twee eeuwen geleden moest het er beslist prachtig hebben uitgezien, maar het houtsnijwerk rondom de ramen was weggerot, de voorgevel was zwart uitgeslagen van het vocht en de binnenplaats werd duidelijk als vuilstortplaats gebruikt. Op de begane grond was een soort ijzerwarenzaak gevestigd, en ze namen een smalle, houten trap, die zwart was van het vuil, naar de eerste verdieping waar de sariwinkel was gevestigd. De winkel bestond uit één rechthoekige ruimte, die meteen op de overloop uitkwam. De muren gingen verborgen achter stapels opgevouwen sari's in allerlei kleuren. Op de grond zaten enkele mannen sari's op te vouwen. Voor hen zaten vier Nepalese vrouwen te wachten, die allemaal in dezelfde sari's met bruine motieven waren gekleed.
'Ze werken op dezelfde bank,' legde Prativa uit. 'Daarom zijn ze hetzelfde gekleed. Devi Dixit is er nog niet.'
Prativa ging op een krukje zitten en Malko bleef achter haar staan, terwijl ze een gesprek aanknoopte met een van de verkopers. Hij begon opgevouwen stukken stof uit de stapels te halen en voor haar uit te spreiden. Binnen enkele minuten lag de vloer bezaaid met allerlei kleurige

sari's, die vol bewondering door Malko en Prativa werden bekeken terwijl ze intussen thee kregen. Onvermoeibaar spreidden de verkopers telkens nieuwe sari's uit. Plotseling verscheen er op de overloop een vrouw in een paarse sari.
Het was Devi Dixit, die om zich heen keek. Malko fluisterde in Prativa's oor: 'Daar is ze.'
Prativa stond op en liep naar de vrouw toe. Ze praatten zacht met elkaar, tot ze, zonder zich om Malko te bekommeren, voor de verkopers gingen zitten. Opnieuw werden er sari's uitgespreid en de vrouwen bekeken de stoffen. Uiteindelijk besloten ze beiden voor een prachtige, jadegroene sari. Opnieuw werd er onderhandeld, nu over de prijs. Nadat ze hadden betaald en de sari's waren ingepakt, liepen ze naar de overloop, waar ze verder praatten, maar nu op gedempte toon. Onophoudelijk wierp Devi Dixit bezorgde blikken naar Malko, die zich afzijdig had gehouden.
Ten slotte kwam Prativa naar hem toe. 'Ze begrijpt niet wat we van hem willen. Ze vraagt wat je tegen hem zou willen zeggen.'
Malko opende zijn mond, maar deed hem meteen weer dicht. Plotseling kwam er een vraag in hem op: aan welke kant stond Devi Dixit? Hij moest het erop wagen. 'Zeg haar dat ik weet dat haar man in gevaar is en dat ik hem wil helpen,' zei Malko. 'Dat ik hem absoluut moet spreken.'
Weer werd er overlegd. Het kostte Prativa duidelijk moeite Devi Dixit te overtuigen, en opnieuw kwam ze naar Malko terug. 'Ze belooft je te waarschuwen zodra ze hem ziet.'

Dat had ze al eerder toegezegd. Malko voelde aan dat als hij het nu opgaf, zijn kans verkeken zou zijn. Hij speelde zijn laatste kaart uit: 'Zeg haar dat het een kwestie van leven of dood is, en dat ze hebben geprobeerd me te vermoorden omdat ik haar man zoek. Ze móét me geloven. Weet ze waar haar man is?'
Opnieuw volgde er op zachte toon een kort overleg, tot er één enkel woord over de lippen van Devi Dixit kwam: '*Hoïna.*' Nee.
Dit was niet genoeg. 'Ze moet ons meer vertellen,' drong Malko aan. 'Ik wil de waarheid weten over wat er op 1 juni is gebeurd.'
Prativa vertaalde de vraag. Eerst antwoordde Devi Dixit niet. Haar gezicht was bleek weggetrokken en ze leunde tegen de muur om niet te vallen. Maar toen leek ze zich te herstellen en ze stak aarzelend een lang betoog af.
'Ze heeft haar man sinds 1 juni niet meer gezien,' vertaalde Prativa. 'Hij is die dag om tien uur thuisgekomen en was aan zijn schouder gewond. Hij was heel rustig, maar hij vertelde dat ze hadden geprobeerd hem te vermoorden en dat hij een tijdje zou moeten onderduiken. Ze moest zich echter niet ongerust maken. Hij heeft wat spullen en geld meegenomen en is te voet vertrokken. Sindsdien heeft ze hem niet meer gezien en niets meer van hem gehoord.'

13

Dit had Malko nooit verwacht. 'Wie heeft geprobeerd hem te doden?'
Prativa vertaalde de vraag en het antwoord. 'Dat heeft hij haar niet verteld.'
'Wat is er daarna gebeurd?'
Devi Dixit leek nu opgelucht te zijn dat ze kon praten, en ze stak een lang verhaal af, dat stukje bij beetje door Prativa werd vertaald.
'Laat in de nacht op 1 juni zijn twee officieren, die ze niet kende en die zeiden van de militaire inlichtingendienst te zijn, bij haar thuis langsgekomen, op zoek naar haar man. Ze zeiden dat hij een ernstige fout had gemaakt en gezocht werd. Ze hebben het huis doorzocht en het personeel ondervraagd, en ze moest bekennen dat hij aan het einde van de avond thuis was geweest. Gewond. Zelf is ze langdurig ondervraagd. De officieren wilden haar hoe dan ook laten zeggen waar haar man was. Tegen zonsopgang zijn ze vertrokken, na haar te hebben verboden over hun bezoek te praten. Ze moest tegen iedereen zeggen dat haar man was overgeplaatst naar een garnizoen in het westen van het land, in de regio Dipayal. En ze moest het hun vooral laten weten wanneer ze iets van hem hoorde. Ze hebben een telefoonnummer achtergelaten, dat ze elk moment van de dag kon bellen.'

Prativa zweeg. De sariverkopers begonnen nieuwsgierig de kant op te kijken van het kleine groepje dat fluisterend op de overloop stond, maar Malko had geen keus. Deze informatie was van kapitaal belang. 'Welk nummer is dat?' vroeg hij.
'371432,' vertaalde Prativa. 'Ze heeft het nog niet gebeld.'
'Dat was drieënhalve maand geleden,' zei hij. 'Wat is er in de tussentijd gebeurd?'
'Niets,' luidde het door Prativa vertaalde antwoord. 'Ze wordt regelmatig gebeld om te horen of ze nieuws over haar man heeft. Ze heeft ook mensen gezien die zich bij haar huis ophielden, en ze is er zeker van dat haar telefoon wordt afgeluisterd. Voor haar dochters probeert ze een normaal leven te leiden.'
'Weet ze echt niet waar hij is?'
'Nee. Ze denkt dat hij dood is en dat ze hem al hebben gevonden, maar het haar niet willen zeggen.'
'Zeg haar dat hij níét dood is,' zei Malko.
'Hoe weet u dat?' vroeg Devi Dixit, zodra Prativa het had vertaald.
'Als hij dood zou zijn, zouden ze niet hebben geprobeerd mij te vermoorden, om te voorkomen dat ik hem zou vinden,' antwoordde Malko.
Hij had nu bewijs dat MI6 en de Nepalese militaire inlichtingendienst samenwerkten. Maar wat was er op de avond van de eerste juni in het Nakayanhiti-paleis gebeurd? Waarom hadden ze geprobeerd de adjudant van prins Dipendra te vermoorden? En wie? Er bleef niets meer heel van de mooie liefdesgeschiedenis.
Devi Dixit zei zacht enkele woorden.
'Ze moet nu gaan,' vertaalde Prativa. 'We moeten geen

contact meer met haar opnemen. Zelfs als ze haar man nooit meer zal terugzien, wil ze haar dochters in alle rust opvoeden.'

Devi Dixit had al een voet op de trap gezet toen Malko haar met een dwingende stem terugriep. 'Wacht! Ze mag nog niet gaan.'

Prativa vertaalde het en Malko vervolgde: 'Zeg haar dat de enige kans die haar man heeft het te overleven, is dat wij eerder dan de anderen in contact met hem komen. Als ze iets weet, moet ze ons onmiddellijk waarschuwen, maar vooral niet per telefoon.'

Er volgde weer een lang gesprek tussen de twee vrouwen. Ten slotte vertaalde Prativa: 'Ze is er zeker van dat haar man dood is, maar als ze nieuws heeft, zal ze me via een betrouwbare tussenpersoon waarschuwen.'

Devi Dixit gaf Malko een slappe hand en verdween de trap af.

Timothy Mason had de hele avond alleen op zijn kamer in het Summit bier zitten drinken, wat hij anders nooit deed. Hij kon de gebeurtenissen niet uit zijn gedachten zetten, sinds hij de deur van de Rover van Andrew Teck achter zich dicht had geslagen. Dit was voor het eerst dat hij de bevelen van een agent van de centrale in Londen naast zich neer had gelegd. Hij had tijdens het eerste deel van de operatie geen vragen gesteld. Een Nepalese prins doden was niet moeilijker dan een Argentijnse soldaat of een rebel in Sierra Leone te kelen... Maar hij kon niet geloven dat David Speeding, de man die aan het hoofd van MI6 stond, bevel zou geven een agent van de CIA te doden.

Hij nam zich voor dat hij meteen na zijn terugkeer in

Londen een verslag zou opstellen. Die ambitieuze Andrew Teck zou zich moeten verantwoorden... Gedachteloos kneep hij het lege bierblikje samen en hij stond op om de gordijnen dicht te trekken. Gedurende een fractie van een seconde dacht hij een gedaante in de duisternis te zien, buiten voor zijn kamer. Het bloed stolde in zijn aderen terwijl hij de gordijnen dichttrok.
Zijn hartslag schoot omhoog en hij vloekte sissend tussen zijn tanden. Hij had moeten beseffen dat het moment waarop hij 'nee' zei tegen Andrew Teck, deze zou proberen hem uit de weg te ruimen. Zo luidden de regels van het spel. Maar een gewaarschuwd man telde voor twee. Ze moesten niet denken dat hij gek was.
Na enkele minuten te hebben nagedacht, haalde hij een prachtige *kukri* uit zijn reistas, die hij cadeau had gekregen van een Gurkha-officier, en hij haalde het wapen uit de schede. Het heft was van gepolijst ebbenhout, maar het lemmet was vlijmscherp. Timothy Mason raakte bevangen door een ijzige kalmte. Zijn oude reflexen kwamen weer boven. Hij stak de dolk terug en stond op om het raam op een kier te doen, alsof hij frisse lucht wilde binnenlaten. Daarna deed hij het licht uit, zodat het leek of hij naar bed ging. Vervolgens sloop hij stilletjes de gang op en liep naar de receptie, die verlaten was op dit uur van de nacht.

Het was een redelijk heldere nacht, en Timothy Mason kon met gemak zijn weg vinden. Hij beschreef een ruime cirkel om het gebouw heen en kwam terug naar de voorkant van het Summit. Toen hurkte hij neer en bekeek de omgeving. Al snel zag hij een gedaante bij de muur verborgen zitten, niet ver van het raam van zijn kamer verwij-

derd. Zijn voorgevoel had hem niet bedrogen. De man moest een moordenaar zijn, die Andrew Teck op hem af had gestuurd.
Stilletjes sloop hij naderbij. De man had zijn aandacht geheel op het raam gericht en lette niet op wat achter hem gebeurde. Met een kil gevoel van opluchting zag hij de man voorzichtig de luiken opzijschuiven en naar binnen kruipen. Binnen drie stappen was hij bij hem. De man was volkomen verrast en bood nauwelijks weerstand. In zijn rechterhand had hij een kromme dolk, die er net zo vervaarlijk uitzag als die van Timothy Mason. Maar hij kreeg de tijd niet hem te gebruiken.
Met een vastberaden beweging stak de Britse huurling zijn dolk in de zij van de man, zoals hij zo vaak had gedaan. De moordenaar verstarde in zijn armen. De Brit trok zijn wapen terug en sloeg nog een keer toe, iets hoger, waarmee hij de aorta doorsneed. Toen liet hij het lichaam op de grond glijden en keek hij om zich heen.
De nacht was nog even stil.
Timothy Mason controleerde of de man dood was, sleepte vervolgens het lichaam een honderdtal meters verderop, gooide het in een ravijn en liep terug naar het hotel.
Na eerst op zijn kamer een biertje te hebben gedronken, pakte hij de telefoon en belde het rechtstreekse nummer van Andrew Teck.
Die nam een fractie van een seconde later op, waardoor Timothy Mason moest glimlachen. De ander had op de uitslag gewacht.
'Andy,' zei hij met een rustige stem, 'met mij, Tim.'
'Tim, maar...' begon de agent van MI6.
'Ik heb je boodschapper gezien,' vervolgde de huurling.

'Het is niet goed met hem afgelopen. Dat spijt me. Ik heb trouwens besloten morgen terug te gaan naar Londen. Ik moet weer eens aan het werk. Fijn dat we elkaar hebben leren kennen.'
Hij hing glimlachend op. Andrew Teck zou een slechte nachtrust hebben.

Malko kon de slaap niet vatten. Hoe moest hij de adjudant vinden in een stad die hij nauwelijks kende? De CIA had geen contacten, en MI6, die talloze lokale medewerkers moest hebben, was het in drie maanden tijd ook niet gelukt hem te vinden. Hij moest zich dus goed hebben verborgen.
Omdat Malko zich verveelde, keek hij een tijdje naar CNN. Vermoeid koos hij het nummer van Anna Dickens. Met een slaperige stem nam ze op: 'Hallo?'
'Met mij,' zei Malko.
'Hoe laat is het?'
'Laat,' gaf Malko toe. 'Ik kan niet slapen en verlang naar je.'
'Je bent gek!' protesteerde de Britse. 'Ik was diep in slaap, en wil je trouwens niet meer zien.'
'Gisteren dacht je daar toch anders over,' zei Malko geamuseerd.
'Ik heb me in je vergist!' riep de jonge vrouw, nu klaarwakker. 'Je bent een smeerlap!'
Ze had het met zó'n overtuiging gezegd dat Malko het meteen begreep. 'Heb je het weer goedgemaakt met je vroegere minnaar?'
Woedend hing ze op, maar hij belde haar meteen weer, om het zeker te weten. 'Anna,' zei hij, 'ik neem aan dat je

met Andrew Teck hebt gepraat.'
'Inderdaad,' gaf ze toe. 'Ik weet nu wat ik van jou en je intriges moet denken.'
'Goed, ik zal niet proberen je te overtuigen, maar als ik jou was, zou ik snel uit Nepal vertrekken. Je weet te veel.'
Hij hing op. Nu was het de jonge vrouw die hem dertig seconden later terugbelde. 'Schoft!' riep ze. 'Andrew is een echte gentleman!'
Hij ging niet tegen haar in. Na te hebben opgehangen stond hij geïrriteerd op en hij liep naar de openslaande deuren die in de tuin uitkwamen. Hij deed ze open, genoot van de koelte van de nacht en keek omhoog naar de sterren. De temperatuur was heerlijk. Hij wilde de deuren al dichtdoen toen hij twee meter verderop een gedaante tegen de muur gedrukt zag staan.
De gedaante stapte het licht in. Malko zag dat het een jongeman was met een kromme neus, gekleed in een bruin T-shirt. Hij hield zijn arm horizontaal voor zich uit gestrekt en Malko zag dat hij een pistool in zijn hand had. Hij kreeg geen tijd om opzij te springen. Met gestrekte arm schoot de onbekende man op hem. Hij werd verblind door de gele lichtflits van het schot en voelde een brandende pijn in zijn hoofd. Binnen een fractie van een seconde begreep hij dat hij zou sterven.

14

In een oogwenk stroomde het bloed over Malko's gezicht en in zijn ogen. Hij wankelde en besefte dat hij nog leefde! Hij ging terug de kamer in en pakte op de tast zijn Webley, waarna hij weer naar buiten liep, maar de aanvaller was verdwenen.

Hij was zó duizelig dat hij bijna viel. Terug in zijn kamer belde hij de receptie. Hij voelde zich alsof zijn schedel met een bijl was opengespleten. 'Ik ben aangevallen,' zei hij. 'Er is op me geschoten, ik ben gewond.'

Daarna koos hij het nummer van Larry Doolittle, die pas na lange tijd opnam. Eindelijk zei de slaperige stem van de Amerikaan: 'Hallo', en Malko, die als een rund bloedde, zei: 'Er is op me geschoten. Ik geloof niet dat het ernstig is, maar ik heb een arts nodig. Kom zo snel mogelijk.'

Hij hing op en ging naar de badkamer. Nadat hij het Bir-ziekenhuis had gezien, voelde hij er niets voor zich in een Nepalees ziekenhuis te laten verzorgen. Toen hij voor de spiegel het bloed van zijn gezicht probeerde te spoelen, werd er op zijn deur gebonsd. Hij moest er kennelijk angstaanjagend uitzien, want de twee bedienden van het hotel deinsden even terug toen ze hem zagen. 'Dokter, dokter,' stamelde een van hen.

'Die komt al,' zei Malko. 'Wilt u de tuindeuren dichtdoen?'

Hij liep terug zijn kamer in en ging op het bed liggen, met zijn hoofd omhoog en een handdoek op de wond gedrukt.

'U hebt geluk gehad,' zei dokter Graham Jones, de arts die aan de Amerikaanse ambassade was verbonden. 'De kogel heeft het bot geraakt, maar is niet binnengedrongen. Een paar millimeter lager en uw schedel zou uit elkaar zijn gespat. Over een week kunt u de hechtingen laten verwijderen, maar voorlopig moet u rusten.'
'Ja, rusten,' herhaalde Larry Doolittle. 'Zal ik u laten bewaken?'
'Ik red me wel,' zei Malko. 'Ik bel u zodra ik heb geslapen.'
De hechtingen trokken vreselijk en hij had een enorme hoofdpijn. De snee in zijn hoofd brandde. Gelukkig had de arts niet zijn hele hoofd verbonden, maar alleen een verband op de wond aangebracht.
De directeur van het hotel, een vriendelijke Australiër, die uit zijn bed was gehaald, kwam naar hem toe. 'Ik heb de politie gewaarschuwd,' zei hij. 'Het zal wel een inbreker zijn geweest. De mensen van de receptie hebben hem zien wegvluchten.'
'Dank u,' zei Malko. 'Ik ga nu eerst slapen.'
Zodra de directeur was vertrokken, vroeg Larry Doolittle: 'Hebt u de aanvaller gezien?'
'Ja, het was een jonge Nepalees.'
'Denkt u dat...'
'Natuurlijk,' antwoordde Malko. 'Gisteravond heb ik de vrouw van Kumar Dixit ontmoet. Ik wilde u er morgenochtend over spreken. Kennelijk hebben ze me gevolgd en zijn ze in actie gekomen.'

Het districtshoofd van de CIA leek steeds meer van streek te raken en verzuchtte: 'Helaas hebben we nog steeds geen bewijs.'
'Dat komt wel,' beloofde Malko hem.

De volgende ochtend sprak de manager van het hotel Malko in de hal van het Yak and Yeti aan. 'De politie heeft niets gevonden,' zei hij. 'Maar ze zoeken verder.'
'Dank u,' zei Malko, zonder zich illusies te maken.
Zijn hoofd deed vreselijk veel pijn. Hij was net klaar met zijn ontbijt toen hij werd gewaarschuwd dat er bij de receptie telefoon voor hem was. Verrast herkende hij de stem van Thana Giri. Meteen zei de Nepalees: 'U bent vannacht aangevallen...'
'Hoe weet u dat?' vroeg Malko verbaasd.
'Dat zal ik u uitleggen. Kom om twaalf uur naar Bagh Bazar.'

Een jonge Nepalees met een Aziatisch uiterlijk nam Malko door een vuile gang mee naar een kleine kamer die aan een tuin lag, aan de achterkant van het maoïstische hoofdkwartier in Bagh Bazar. Thana Giri zat achter een klein bureau papieren door te nemen. Malko ging tegenover hem zitten en stak meteen van wal: 'Hoe weet u dat ik ben aangevallen?' vroeg hij.
'We hebben in alle grote hotels onze mensen,' zei de Nepalees. 'Die in het Yak and Yeti had vannacht dienst.'
'Helaas hebben ze de man niet gevonden,' merkte Malko op.
'Nee, maar hij is wel herkend.'
'Herkend? Was het een van uw mensen?'

'Nee. Voordat hij in het Yak and Yeti ging werken, heeft onze kameraad een paar maanden in het casino van hotel Everest gewerkt. Daar heeft hij de jongen gezien die op u heeft geschoten. Hij kwam er regelmatig, en waarschijnlijk was hij de minnaar van de directrice, een zekere Baba Tuladnar. Ik dacht dat die informatie u wel zou interesseren.'

'Weet u hoe hij heet?'

'Alleen zijn voornaam: Aman.'

Dat was een nieuw spoor. Als Malko de aanvaller vond, had hij misschien een bewijs in handen dat MI6 bij de zaak betrokken was. Maar eerst wilde hij iets anders weten. 'Wanneer u zich in Kathmandu zou willen verbergen, waar zou u dan heen gaan?'

Hij vertelde hem het verhaal over Kumar Dixit. Thana Giri dacht even na. 'Er zijn een heleboel mogelijkheden,' zei hij. 'Om de wond te laten verzorgen, zou hij misschien een arts van ons benaderen. Een ziekenhuis is te gevaarlijk. Ik zal eens navraag doen. Om zich te verbergen zou hij misschien naar een tempel kunnen zijn gegaan, waar hij door de boeddhisten wordt beschermd.'

Plotseling kwam er een Nepalees binnen die iets in Thana Giri's oor fluisterde. De maoïst wendde zich tot Malko: 'Er hangen twee agenten van de militaire inlichtingendienst in de buurt rond.'

'Zoeken ze u?'

Thana Giri lachte. 'Nee, ik denk dat ze ú zoeken. Mij zullen ze niet durven aan te vallen.'

'Waarom niet?'

'Omdat we een aantal politieagenten in gijzeling houden, die we dan kunnen executeren,' zei de Nepalees slechts.

'Ze volgens buitenlanders zelden, maar weest u voorzichtig.'

Voordat Malko het casino van hotel Everest binnenging, dat aan de zijkant van het hotel lag, borg hij zijn Webley op onder de stoel van de Toyota. Bij de ingang van het casino werd iedereen gefouilleerd, uit vrees voor maoïstische aanslagen. Zodra hij binnen was, botste hij tegen een Nepalese prostituee op in een minirok en met een diep decolleté, die hem uitdagend toelachte. In Kathmandu zag je dit zelden. Uitdagend heupwiegend liep ze naar de speeltafels, terwijl ze twee keer naar hem omkeek.
De grote, rechthoekige zaal was niet vol. Links was een buffet en stonden tafeltjes, en op een podium dansten enkele meisjes achter een jazz-zangeres. Ernaast stond een televisietoestel waarop, zonder geluid, CNN te zien was.
Malko liep het casino door. Luguber uitziende Indiërs stonden bij enkele roulette- en blackjacktafels met fel opgemaakte vrouwelijke croupiers. Een paar geheel opgetuigde vrouwen stonden ook te spelen, gekleed in sari's en met massa's rammelende armbanden om hun polsen. Ze kwamen uit Bombay of Delhi om in Nepal uit de band te springen. In India was gokken namelijk verboden.
Tussen de tafels hingen enkele prostituees rond, zonder klandizie, want de mensen kwamen hier om te spelen. Malko liep naar het buffet en zag dat er aan een tafel een groep luidruchtige vrouwen zat, die gedeeltelijk in sari en gedeeltelijk in spijkerbroek waren gekleed. Een halflege fles Defender die op tafel stond verklaarde hun vrolijkheid. Een van hen leek de belangrijkste van het stel te zijn. Ze had een pafferig, fel opgemaakt gezicht, ringen om alle

vingers en haar enorme borsten gingen verborgen onder een roze sari. Ze had drie onderkinnen en talloze vetplooien... De vrouwen keken giechelend naar het podium, zonder dat Malko de reden van hun plezier begreep.
Hij ging aan een tafeltje in de buurt zitten en bestelde iets te drinken. De band maakte een hels kabaal en de woorden van de zangers, die werden versterkt door enorme luidsprekerboxen, deden de muren trillen en bonkten pijnlijk in Malko's gehechte hoofd. Om wat bij het lawaai uit de buurt te komen, liep hij naar een van de roulettetafels, waar hij binnen een kwartier 50.000 roepie, ongeveer 75 euro, verloor.
De voorstelling kwam tot een einde en de danseressen verspreidden zich in de zaal. Een van hen liep naar de tafel van de vrouwen, die haar lachend begroetten. Ze maakte een paar danspasjes, tot grote hilariteit van de anderen. Toen bukte ze zich, en tot Malko's grote verbazing kuste ze de dikke vrouw op haar mond. Daarna trok ze met een resoluut gebaar haar blonde pruik af en ontblootte ze kortgeknipt, zwart haar.
Het was een man! Degene die de vorige avond op hem had geschoten!
Snel wendde Malko zijn gezicht af, om niet het risico te lopen te worden herkend.
Lachend trok de jongeman de vrouwenkleren uit, tot er een bruin T-shirt en een spijkerbroek over waren. Hij was knap, met brede schouders en een fijngetekend gezicht en hoogstens 25 jaar oud. Hij kende de meisjes kennelijk goed, want ze bleven giechelend om hem heen drentelen, en hij maakte doorlopend grapjes met hen. Vooral met de dikke vrouw. Hij fluisterde iets in haar oor, wat haar dui-

delijk deed stralen. Toen zette ze haar glas neer, stond op en liep weg naar de achterkant van de zaal, gevolgd door de jongeman. Een grote, roze toren. Als ze twintig kilo lichter was geweest, zou ze misschien aantrekkelijk zijn. De twee verdwenen door een zijdeur, die vermoedelijk toegang tot het Everest-hotel bood. Malko was vast besloten meer te weten te komen over de man die had geprobeerd hem te doden.

15

Malko zat aan een roulettetafel toen hij de jongeman zag terugkomen. Alleen. Hij leek zich niet op zijn gemak te voelen en liep naar het restaurant. Na enkele minuten pakte een donker meisje met kroeshaar hem bij zijn arm en ze trok hem mee naar de dansvloer.

Een stem achter Malko vroeg in het Engels: 'Wilt u iets drinken, meneer?'

Achter hem stond, met een verlegen glimlach, een *pit-girl*. Ze had haar haar opgestoken in een grote knot, haar hindeogen waren met mascara nog groter gemaakt en ze droeg een heel korte, bruine jurk met een laag decolleté. Ze voelde zich duidelijk niet op haar gemak.

'Ja,' zei Malko. 'Wodka, graag.'

Misschien zou dat het bonken in zijn hoofd een beetje onderdrukken.

Het meisje kwam even later terug met zijn bestelling. Hij legde een biljet van duizend roepie op het blad en vroeg: 'Hoe heet je?'

'Guluth, meneer.'

Ze was heel verlegen.

'Guluth,' zei Malko, 'wil je straks iets met me drinken?'

'Ik weet het niet, meneer. Ik zal het vragen.'

Hij zag haar naar een van de tafelmanagers gaan, en na enkele woorden met hem te hebben gewisseld, kwam ze

terug. 'Ja, meneer, dat is goed,' zei ze. 'Wanneer ik klaar ben met mijn werk. Vanavond om tien uur. Is dat niet te laat?'
'Nee, nee,' zei Malko. 'Tot dan.'
Hij speelde verder, onopvallend in de gaten gehouden door de tafelmanager. Aman was met het donkere meisje vertrokken. Enkele minuten later kwam de dikke vrouw terug naar haar tafel, ze pakte de fles Defender en goot hem leeg in haar glas.
Malko had natuurlijk de politie kunnen waarschuwen om de jongen te laten oppakken, maar dat zou nergens toe leiden. Hij moest eerst meer over hem te weten zien te komen. Misschien lukte dat via Guluth, de jonge pit-girl.
Hij speelde door tot hij 100.000 roepie had verloren en vertrok toen uit het casino.
'Naar de Amerikaanse ambassade,' zei hij tegen zijn chauffeur toen hij in de Toyota stapte.

Larry Doolittle trok zenuwachtig aan zijn pijp. 'Wat wilt u nu gaan doen?' vroeg hij aan Malko.
Die onderdrukte de neiging op zijn hoofd te krabben, omdat de hechtingen begonnen te jeuken. 'Wat weet u over de casino's?'
'Er zijn er vier,' zei de Amerikaan. 'Ze zijn allemaal in handen van de koninklijke familie, maar de exploitatie valt rechtstreeks onder de regering. Een Amerikaan, ene Dave Robins, leidt de vier casino's. Ik heb hem nog nooit ontmoet.'
'Waar kan ik hem vinden?'
'Ik geloof dat hij een kantoor in het Soaltee heeft. Maar kijk uit, ik weet niet of hij wel wil meewerken. Het is een

heel delicate kwestie.'
'Wanneer het een Amerikaan is, kunt u Langley vragen zijn achtergrond na te gaan,' merkte Malko op. 'Misschien weet de FBI ook iets over hem.'
'Natuurlijk,' antwoordde de Amerikaan bereidwillig. 'Hij moet veel over dit land weten.'
'Ik wil alleen weten wie die jongen opdracht heeft gegeven mij te vermoorden,' zei Malko koel.
Toen hij uit de ambassade vertrok, was het pas tien over acht. Hij had nog tijd om in het Soaltee langs te gaan voordat hij Guluth zou ophalen.

Op de begane grond stonden in een lege zaal tien biljarttafels. De speelzaal bevond zich op de eerste verdieping, die via een indrukwekkende trap te bereiken was. Malko sprak een bediende aan. 'Meneer Robins?'
'Achterin, voorbij het restaurant en de roulettetafels.'
Hij liep verder en kwam uit in een piepklein kantoor, waar een Nepalees op een computer zat te werken. De man keek met een uitnodigende glimlach op. 'Ja, meneer?'
'Ik kom voor meneer Robins,' zei Malko.
'Hebt u een afspraak?'
'Nee, maar hij kent me.'
Hij gaf zijn visitekaartje. De man was onder de indruk en glimlachte breeduit.
'Meneer Robins heeft op het moment bezoek. Kunt u wachten?'
Hij wees naar een kunstleren bankje tegenover zijn bureau en Malko ging zitten. Twintig minuten later ging de deur open en kwam er een Indiër met een heel donkere huid het kantoor uit. Meteen haastte de secretaris zich naar binnen,

om vrijwel meteen terug te komen. 'Meneer Robins wacht op u.'
Malko liep de deur door en het was of hij een iglo binnenging. Het kon er hooguit 10 graden zijn. De vierkante ruimte was heel klein en aan de muren hingen diploma's. Er stond een televisietoestel zonder geluid aan, en op verscheidene monitors waren de speeltafels te zien. Achter een groot bureau zat een dikke man met een bleek, pafferig gezicht. Tussen de vetplooien ervan fonkelden kwaadaardige oogjes. Hij was vreemd gekleed, voor dit land, in een donker streepjespak met een stropdas. Hij keek Malko nieuwsgierig aan en vroeg: 'Kennen wij elkaar?'
'Nee,' gaf Malko toe, 'maar ik moet u spreken.'
'Wie bent u?'
'Ik werk voor een Amerikaans regeringsbureau en ben voor een onderzoek in Kathmandu.'
'De FBI?'
'Nee.'
Dave Robins leek opgelucht te reageren, maar hij was duidelijk toch nieuwsgierig voor welk bureau Malko dan wel werkte. 'Wat kan ik voor u doen?' vroeg hij.
'Er is een moordaanslag op me gepleegd,' legde Malko uit. 'Gepleegd door iemand die in een van uw casino's werkt.'
De Amerikaan onderbrak hem met een handbeweging. 'Daar werken 2500 mensen. Weet u wie het was?'
'Ja en nee. Ik ken zijn gezicht, en hij werkt in het casino van het Everest, maar zijn naam ken ik niet.'
'Dan moet u naar de politie gaan,' besloot de Amerikaan. 'Ik ben niet verantwoordelijk voor wat mijn personeel doet, behalve wanneer het zich in het casino agressief

gedraagt.'
'Dat was niet zo.'
'Dan kan ik niets voor u doen. Het spijt me.'
'Ik wil de politie er niet bij halen.'
'Dat is úw probleem,' zei Dave Robins rustig. Hij stond op en stak Malko zijn hand toe. 'Tot ziens, meneer. Nog een fijne avond.'
Kwaad liep Malko naar buiten.

Ondanks het voor Kathmandu late uur was het veel drukker in het casino van het Everest. Een Indiase zangeres deed haar best op het podium, maar de dikke vrouw was verdwenen. Malko's horloge gaf aan dat het vijf voor tien was. Hij keek om zich heen, op zoek naar de pit-girl, die met een stralend gezicht naar hem toe kwam. 'Ik ben vrij,' zei ze.
Ze had een zwaar accent, maar haar Engels was begrijpelijk.
'Heb je al gegeten?' vroeg Malko.
'Nee.'
'Ik ook niet. We kunnen naar Thamel gaan.'
'Ja!' riep ze blij uit. 'Ik ken daar een Thais restaurant, het Ying en Yang.'
Ze leek versteld te staan toen ze zag dat Malko een auto had, en stralend stapte ze in. Haar bruine jurk kroop op over haar ronde knieën. Onderweg bestookte ze Malko met vragen: wat hij in Kathmandu deed, hoelang hij bleef, enzovoort.
Het Ying en Yang was gevestigd in een oud gebouw met een tuin. Handelend volgens een schema dat bij Prativa uitstekend had gewerkt, bestelde Malko een fles Taittinger

Comtes de Champagne Rosé millésimé 1995. De jonge serveerster sperde haar ogen wijdopen. 'Ik heb nog nooit champagne gedronken,' moest ze bekennen.
Zodra ze hadden besteld, liet hij haar over zichzelf vertellen. Hij moest het spel meespelen. Ze vertelde hem dat ze op de universiteit een cursus Engels had gedaan, maar geen geld had om verder te gaan. Toen had ze deze baan in het casino gevonden. Ze kreeg daar geen salaris, alleen de fooien en de cadeautjes.
'Ga je vaak met klanten uit?' vroeg Malko.
Haar gezicht betrok. 'Ik werk hier pas twee weken. Gisteren wilde een Indiër me meenemen naar zijn kamer in het Everest, maar hij weigerde een condoom te gebruiken. Daarom heb ik het niet gedaan.'
Ze kwam er in elk geval rond voor uit. Ze stond aan het begin van een carrière als prostituee. Intussen vulde Malko haar flûte bij. Ze dronk gulzig, wat de stemming verder verhoogde.
'Ik werk graag in het casino,' ging ze verder, 'maar Baba Tuladnar is heel streng.'
'Wat doet ze?'
'Zij neemt de meisjes, de danseressen en de croupiers aan. Ze is er altijd, maar drinkt veel en wordt dan vervelend. Ik denk dat ze ongelukkig is omdat ze zo dik is.'
Malko maakte meteen van de gelegenheid gebruik. 'Ik geloof dat ik haar vandaag heb gezien. Ze flirtte met een jongen die tijdens het dansen als meisje was verkleed. Ik zat aan een tafel naast de hare.'
Guluth lachte. 'Ja, dat was Aman. Hij is aardig, maar wil met alle meisjes naar bed, zonder te betalen! En hij doet het ook met Baba.'

'Wat voor werk doet hij?'
'Van alles. Hij loopt rond in het casino, danst soms en doet klusjes voor Baba Tuladnar. Wanneer er problemen zijn met een speler, stuurt Baba hem erheen om de rust te herstellen. Aman is heel sterk.'
Dus waarschijnlijk was zij degene die hem op Malko af had gestuurd. Maar in opdracht van wie?
Guluth zweeg. Malko zag in haar ogen dat ze niets anders wilde dan hem een fijne avond bezorgen. Toen ze terugliepen naar de auto, vroeg hij haar: 'Waar woon je?'
'O, we kunnen niet naar mijn huis toe, daar woont mijn hele familie,' protesteerde de Nepalese vrouw.
'Ik ben net als die Indiër,' zei Malko glimlachend, 'ik heb geen condooms. We spreken een andere keer nog wel af.'
Guluth reageerde vreselijk teleurgesteld en zei: 'Maar ze zullen me om geld vragen.'
'Wie?'
'Baba,' gaf ze verlegen toe.
'Hoeveel?'
'De helft.'
'De helft van wat?'
'Ik moet 20.000 roepie vragen.'
Hij haalde een stapel bankbiljetten uit zijn zak en telde de biljetten uit. 'Alsjeblieft,' zei hij. 'Hou de helft zelf, en we zien elkaar nog wel een keer.'

Malko had vrijwel geen oog dichtgedaan, want de jeuk op zijn hoofd was ondraaglijk. Toch was dat beter dan helemaal geen hoofd... Vanwege zijn wond kon hij niet douchen, en dus nam hij een bad. De telefoon dwong hem eruit te komen.

‘Kom langs,’ zei de stem van Larry Doolittle. ‘Ik heb informatie over onze “cliënt”.’
Dave Robins dus.

Het districtshoofd van de CIA zwaaide met een opgetogen glimlach met een lang telegram. ‘Op het kantoor hadden ze niets over Robins, maar voor deze keer heeft de FBI meegewerkt.’
Osama Bin Laden had in elk geval íéts goeds bereikt: de strijdbijl tussen de CIA en de FBI was begraven.
‘Wat heeft het opgeleverd?’ vroeg Malko.
‘Het dossier van Dave Robins,’ zei het districtshoofd triomfantelijk. ‘Lees maar.’
Malko las: Dave Robins was Amerikaans staatsburger, op 12 februari 1947 geboren in Baxter, Nevada. Na een kort verblijf op verscheidene scholen volgden er alleen veroordelingen: verduistering, gewapende overval, prostitutie, gokken... Hij werd van drie moorden verdacht, maar was ontslagen van rechtsvervolging.
Volgens het rapport van de FBI had hij contacten met een van de grote maffiafamilies aan de westkust, de Vitelloni. Een tiental jaren geleden waren ze zijn spoor bijster geraakt, maar de *gaming commission* in Nevada wilde hem maar wat graag in handen krijgen...
Malko legde het rapport neer en Larry Doolittle haalde de pijp uit zijn mond. ‘Ik denk dat meneer Robins beter met ons kan meewerken,’ zei hij, ‘anders geef ik zijn dossier aan de Nepalese autoriteiten, en dan loopt hij de kans te worden uitgewezen.’

Het gezicht van de secretaris van Dave Robins betrok toen

hij Malko zag. Hij had kennelijk instructies gekregen. Hij stond op en zei: 'Meneer Robins is niet...'
Malko onderbrak hem en gaf hem een envelop. 'Als hij er niet is, zoek hem dan en geef hem deze envelop. Ik wacht.'
Hij ging op een kunstleren bankje zitten, en met tegenzin ging de secretaris het kantoor van zijn baas binnen. Vijf minuten later kwam Dave Robins naar buiten, nog steeds even onbewogen, en vanaf de drempel van zijn kantoor keek hij Malko aan en hij zei: 'Kom binnen.'

16

Enkele tellen lang keken de twee mannen elkaar zwijgend aan. Het dossier van de FBI lag opengeslagen op het bureau van Dave Robins, die zijn ware aard toonde en eruit zag als degene die hij werkelijk was: een gangster die er voor de 'familie' op uit was gestuurd. Malko verbrak de stilte. 'Meneer Robins, uw verleden en uw problemen met de *gaming commission* in Nevada interesseren me niet. En wat u hier doet nog minder. Het gaat om een politiek probleem dat de veiligheid van de Verenigde Staten betreft. Als afgezant van een Amerikaans bureau heb ik toegang tot bepaalde bronnen, zoals u hebt kunnen constateren. Maar we hebben niets tegen u. Wanneer u meewerkt, zal het dossier niet aan de Nepalese autoriteiten worden overhandigd en kunt u uw werkzaamheden ongestoord vervolgen.'

Hij niesde, want het was ijskoud in de kamer. Dave Robins had zijn handen plat op het bureau gelegd en bleef onbewogen zitten. Maar als blikken konden doden, zou Malko tot stof zijn vergaan.

'Wat wilt u?' vroeg hij met ingehouden stem.

'Welke rol speelt u hierin?'

'Ik ben de baas,' zei de Amerikaan. 'Ik waak ervoor dat het geld terugkomt en dat er niet te veel wordt gestolen. Ik heb 2500 man in dienst en betaal een heffing van 200.000

dollar per jaar per casino voor de goklicenties. Vanwege de politieke gebeurtenissen gaan de zaken slecht, maar ik moet mijn aandeelhouders tevreden houden.'
'Wie zijn dat?'
'De prins, koning Gyanendra. Een vreselijke imbeciel. Net zoals alle Nepalezen trouwens. Ik haat dit land.'
'Waarom bent u dan hier?'
Voor het eerst glimlachte Dave Robins en hij zei: 'Er is geen gaming commission.'
Anders gezegd: er was geen enkele controle. Al pratend hield hij de monitors in de gaten die op de croupiers waren gericht. Malko ging verder: 'Hebt u over mijn vragen nagedacht?'
'Nee.'
'Goed, ik zal het samenvatten.'
Dave Robins onderbrak hem niet en leek er met zijn gedachten niet bij te zijn, maar toen Malko klaar was, zei hij meteen: 'Ik heb nooit over die jongen gehoord, maar als ik het goed begrijp, werkt hij niet voor het Everest-casino. Baba Tuladnar ken ik daarentegen heel goed.'
'Wie is zij?'
'Een vet varken. Haar vader is al heel lang een van de privé-secretarissen van prins Gyanendra, die nu koning is. Hij heeft haar in het Everest gezet.'
'Waarom?'
'De casino's zijn van de koninklijke familie, en Gyanendra was belast met de leiding erover.'
'Waarom zegt u "was"?'
'Omdat hij, sinds hij koning is, die baan heeft overgedragen aan zijn zoon, de schoft prins Bahadur. Een ramp. Wanneer hij gedronken heeft, kan hij zich niet meer be-

heersen. Een keer kwam hij het casino binnen, pakte stapels fiches en begon te spelen. Met óns geld. Ik moest de Gurkha's van het paleis erbij roepen. Die kleine schoft is tot alles in staat. Hij heeft me zelfs een keer bedreigd omdat ik weigerde hem krediet te geven.'
Door de woede had hij zijn zelfbeheersing enigszins verloren, maar Malko knoopte al deze waardevolle informatie in zijn oren.
'Ik wil weten of Baba Tuladnar die Aman op mij af heeft gestuurd,' zei Malko. 'Ik neem aan dat u spionnen in het casino hebt?'
'Natuurlijk,' gromde de Amerikaan.
'Dan kunt u zeker wel aan die informatie komen?'
'Ik denk het wel,' zei Dave Robins met tegenzin. 'Maar ik moet voorzichtig zijn, ik wil mijn baan niet verliezen.'
De Amerikaan keek Malko nieuwsgierig aan.
'Meneer... Linge,' zei hij, terwijl hij Malko's visitekaartje bekeek, 'hebt u een meningsverschil met het paleis?'
Malko glimlachte. 'Ik dacht het niet, maar nu weet ik het niet meer zeker. Kent u trouwens ene Andrew Teck?'
'Nee. Waarom?'
'Zomaar. En hoe denkt u over het bloedbad van 1 juni?'
Dave Robins leunde achterover en glimlachte nu. 'Hoe ik erover dénk, is onbelangrijk. Met wat ik erover wéét, ligt het anders.'
'Wat bedoelt u?'
'Die schoft Dipendra heeft zich laten bedonderen. Hij heeft te hoog gegrepen. Hij heeft inderdaad een deel van zijn familie neergemaaid, maar daarna is hij zelf vermoord.'
'Door wie?'

'Dat weet ik niet, en dat wil ik niet weten ook.' De Amerikaan keek Malko met een kille blik aan en probeerde te bedenken hoever hun 'samenwerking' zou gaan. 'Ik heb nu een afspraak,' zei hij. 'Komt u morgenavond na zes uur terug. Ik ben hier de hele nacht. En kijkt u uit voor Baba Tuladnar. Ze kan het goed vinden met het hoofd van politie.'

Toen Malko uit het kantoor vertrok, dacht hij bij zichzelf dat Dave Robins hem een flink eind in zijn onderzoek vooruit zou kunnen helpen.

De receptionist van het Yak and Yeti gaf Malko een bericht toen hij binnenkwam. Op een stukje papier stonden enkele woorden van Prativa geschreven: KOM NAAR CHEZ CAROLINE. BEL ME VOORAL NIET OP.

Hij vertrok meteen weer. Toen hij in Babarmahal Revisited aankwam, zei Prativa mcteen: 'Devi Dixit heeft me een bericht gestuurd. Ze wil ons vandaag spreken. Om zes uur bij de sarihandelaar.'

Malko's hartslag schoot omhoog. 'Ze heeft zeker nieuws over haar man.'

Het zou hem moeite kosten te wachten tot het zes uur was.

In de smalle straatjes met de oude, bakstenen vakwerkhuizen was het nog even druk. De weeë lucht van verrotting was sterker dan die van het fruit en de kruiden. Malko keek om zich heen voordat hij met Prativa de vettige trap naar de sariwinkel opliep, maar het was zó druk dat achtervolgers niet zouden opvallen.

Devi Dixit zat al op een kruk met de Indiase verkopers te onderhandelen. Ze wierp een korte blik hun kant op, maar bleef bij de verkopers zitten. Ze moesten tien minuten wachten tot ze eindelijk opstond en de trap afliep, waar Prativa zich bij haar voegde. Malko zag de twee vrouwen op zachte toon een gesprek voeren. Toen kwam Prativa naar Malko toe. 'Ze heeft nieuws van haar man!' fluisterde ze.

'Heeft ze hem gesproken?'

'Nee. Een jongen heeft haar een door hem geschreven briefje gegeven. Daarop stond dat hij uit Kathmandu zou vertrekken.'

'Hij was dus hier?'

'Ja. Ze heeft toegegeven dat ze tegen ons heeft gelogen. Na zijn vlucht in de nacht van 1 juni heeft Kumar regelmatig van zich laten horen. Steeds door middel van boodschappers, ongeveer één keer per week. Maar ze heeft nooit geweten hoe ze contact met hém moest opnemen, en hij heeft nooit een afspraak met haar gemaakt. Waarschijnlijk vond hij dat te gevaarlijk.'

Malko verborg zijn teleurstelling. Maar hij wist nu zeker dat de adjudant van prins Dipendra het had overleefd. Toch was het niet genoeg. 'Zei hij niet waarom hij uit Kathmandu vertrekt?'

'Nee.'

'Ook niet waar hij heen gaat?'

'Nee. Ze maakt zich ernstig ongerust.'

Devi Dixit wachtte halverwege de trap op hen. De spanning tekende zich af op haar gezicht.

'Goed,' zei Malko uiteindelijk. 'Zeg haar dat ze ons weer moet waarschuwen zodra ze nieuws heeft.'

Kumar Dixit kon nauwelijks ademhalen. In de kleine

ruimte waarin hij zich verborgen hield, was geen airconditioning en de zon brandde op het golfplaten dak, waardoor de temperatuur tot boven de veertig graden steeg. Maar dat was alles wat de boeddhistische gemeenschap waarbij hij logeerde hem had kunnen geven. Hij was constant op zijn hoede en bij elk verdacht geluid schoot zijn hartslag omhoog en pakte hij zijn dienstwapen, een 9-millimeter Browning, die hij gelukkig bij zich had gehouden. Het wapen was altijd doorgeladen en lag binnen handbereik.
Sinds hij was gevlucht, leefde hij als een beest. Vanuit zijn huis was hij naar de EHBO van het academisch ziekenhuis gegaan, waar hij had uitgelegd dat er in het paleis was geschoten en dat hij gewond was. Omdat hij zijn officiersuniform van de Gurkha's droeg, had niemand hem iets durven vragen. Een chirurg had de kogel verwijderd en hem antibiotica gegeven. Daarna had hij een bed gekregen, met de bedoeling er een paar dagen te blijven.
Voor zonsopgang was hij uit het ziekenhuis vertrokken, na een hoeveelheid antibiotica te hebben gestolen. Hij had een taxi naar Patan genomen, waar hij was ondergedoken bij een Indiase prostituee, waar hij wel eens kwam. Omdat ze zelf illegaal in Nepal was, hoefde hij niet bang te zijn dat ze hem zou verraden. En ze had geen vragen gesteld. Hij was er drie dagen gebleven, tot zijn wond enigszins was genezen en de koorts was gedaald. In de kranten volgde hij de situatie. Over hem werd met geen woord gerept, noch over de werkelijke gebeurtenissen rond de dood van prins Dipendra. Het was hem duidelijk geworden dat hij een gevaar was voor de nieuwe machtshebbers door hetgeen hij wist. Toen hij was gevlucht, na bijna te zijn gedood door een man die hij volkomen had ver-

trouwd, had hij er ook al niets van begrepen.
Hij wist dat er een duivels complot was gesmeed. Hij was gemanipuleerd, maar het was te laat om spijt te krijgen, nu hij moest zien te overleven, zonder dat hij hulp kon vragen aan zijn vrienden en zijn vrouw.

Malko ging het ijskoude kantoor van Dave Robins in en onderdrukte een rilling. De Amerikaan zat op precies dezelfde plaats als de vorige keer, alsof hij zich niet had bewogen. Hij leek niets te voelen van de ijzige kou, droeg dezelfde stropdas, hetzelfde streepjespak en op zijn gezicht stond dezelfde pokerblik. Hij gaf Malko geen hand en zei meteen: 'Wat hebt u met prins Bahadur gedaan?'
'Met prins Bahadur?' zei Malko verbaasd. 'Niets. Ik kén hem zelfs niet.'
'Hij kent ú wel,' zei de Amerikaan. 'Hij is hier geweest en was woedend, zoals gewoonlijk. Kijkt u maar naar het plafond.'
Malko keek omhoog en zag een groot gat in het pleisterwerk. De inslag van een kogel. 'Wat is er gebeurd?'
'Bahadur kwam me zeggen dat als ik met u zou praten, hij me zou vermoorden. En dat hij u als eerste zou doden.'

17

Malko bleef onbewogen, maar elke dag raakte hij meer overtuigd van zijn theorieën over een complot, waar nu een Nepalees bij betrokken was. En niet zomaar iemand – de zoon van de koning, die op wonderbaarlijke wijze aan de dood was ontsnapt.

Dave Robins keek hem kwaad aan. 'Denkt u maar niet dat die schoft een grapje maakt. Hier kan hij beschikken over leven en dood van andere mensen. Ook over dat van mij!'

'Waarom wil hij me doden?' vroeg Malko.

'Dat zult u beter weten dan ik,' beet de Amerikaan hem toe.

'Dat is maar de vraag,' merkte Malko op. 'Weet u of Bahadur goede contacten met de Britten heeft?'

'Zeker,' gromde Dave Robins. 'Alle Nepalese prinsen zijn op Sandhurst of op *finishing schools* geweest. Maar ik weet niets over speciale banden.'

'Waar woont hij?'

'Hij heeft een bungalow in het paleis van zijn vader en heeft een enorme suite in het Soaltee, waarvan hij de directeur is. Daar brengt hij zijn hoertjes heen en houdt hij zijn orgieën.'

'Zou hij Baba Tuladnar kunnen hebben gevraagd mij te vermoorden?'

'Dat is goed mogelijk,' gaf de Amerikaan toe. 'Hij heeft

kennelijk gehoord dat u hier bent geweest, waarna hij actie heeft ondernomen.'

'Denkt u dat koning Gyanendra een prijs op mijn hoofd heeft gezet?' vroeg Malko.

'Als dat zo is, kunt u maar beter snel vertrekken,' zei Dave Robins. 'Hij vindt probleemloos vijftig man om klusjes voor hem op te knappen.'

De zaken begonnen duidelijker te worden. Helaas stond hij zowel tegenover MI6 als tegenover de koning, en dat in een land als Nepal. Maar hij zou tot het bittere einde toe blijven proberen de verdwenen adjudant te vinden.

Dave Robins vervolgde: 'Goed, om onze schuld te vereffenen, zal ik u nog één dienst bewijzen. En dan staan we quitte.'

'Wat?'

'De man die op u heeft geschoten, heet Aman Kirtipur. Hij is een kleine straatschooier, die vaak in het Everest rondhangt en daar de meisjes en Baba Tuladnar bezighoudt. Ik heb hem vanavond bij me geroepen, zogenaamd om hem een opdracht te geven. Om elf uur verwacht ik hem.' Hij glimlachte Malko boosaardig toe. 'Ik denk dat als u een pistool in zijn mond duwt en hem beleefd vraagt wie hem heeft betaald om u neer te schieten, hij u meteen antwoord zal geven.'

'Nog één vraag,' zei Malko. 'Denkt u dat Gyanendra zelf voor deze hele kwestie verantwoordelijk is?'

Dave Robins glimlachte minachtend. 'Nee. Dat hebben anderen voor hem gedaan. Hij is alleen in geld geïnteresseerd.'

Devi Dixit stapte op de kruising van Lazimpat en de weg

naar haar huis uit een collectieve taxi. Ze moest nog honderd meter lopen. Zoals altijd werd het snel donker. Ze zag twee gedaanten voor zich en haar hart begon sneller te kloppen. Toen ze dichterbij kwam, herkende ze twee Gurkha's die onder haar man hadden gediend. Ze waren in burger, klein van stuk en hadden een donkere huid. Ze salueerden en een van hen vroeg: 'We hebben bevel gekregen u naar de kazerne mee te nemen. Generaal Malah Shah wil u dringend spreken.'
In de schaduw stond een auto met een derde man achter het stuur te wachten. Met bonkend hart liet Devi de boodschappen zien die ze bij zich had. 'Natuurlijk ga ik mee, maar ik moet dit eerst naar huis brengen. Gaat u maar mee naar binnen.'
Ze voelde zich toch niet gerust. Dit soort gesprekken beloofde weinig goeds. Ze liep de tuin door en zag dat er binnen geen licht brandde. Het personeel was zeker weg. De twee Gurkha's kwamen achter haar aan. Ze liep de keuken in, zette de boodschappen op tafel en draaide zich om.
Ze kreeg nog net de tijd om bang te worden. Een van de twee Gurkha's had zijn kukri onder zijn kleren vandaan gehaald. Zonder te aarzelen stak hij de dolk in de hals van de jonge vrouw en haalde die met één haal open. Het bloed spoot met een ongelooflijke kracht naar buiten en spatte op de tegelvloer. Haar ogen werden al troebel, en zonder een kreet te slaken, zakte Devi Dixit in elkaar. Nog even schokte haar lichaam, maar toen bleef ze stil liggen. De man die haar had neergestoken, trok zijn kukri terug, veegde het wapen af aan een doek en liep samen met zijn kameraad de trap op. Op de overloop bleef hij staan luiste-

ren. Uit een van de slaapkamers, waar de twee dochters van Devi hun huiswerk zaten te maken, klonk geluid. De twee Gurkha's duwden de deur open en de meisjes keken op.

Malko had niet gegeten. De spanning ontnam hem de eetlust. Na drie espresso's had hij naar CNN zitten kijken, waarop verslag werd gedaan van de aanvallen op Afghanistan. Hij had geprobeerd Prativa te bereiken, maar ze nam niet op. Hij keek op zijn horloge: halfelf. Hij pakte zijn Webley en liep naar zijn auto. 'Naar het Soaltee-casino,' zei hij tegen zijn chauffeur.

Er stonden weinig auto's voor het Soaltee en de zaal van het casino was bijna leeg. Kwart voor elf. Hij was vroeg. Om de tijd te doden wisselde hij 20.000 roepie in tegen fiches en ging spelen. Na twintig minuten had hij 150.000 roepie gewonnen. Hij stak de fiches in zijn zak en liep naar achteren, naar het kantoor van Dave Robins. De secretaris was er niet, hij zou zeker dadelijk terugkomen, en Malko ging op het kunstleren bankje zitten wachten. Na enkele minuten begon hij ongeduldig te worden. Hij stond op en keek de speelzaal in, maar daar zag hij hem niet. Nieuwsgierig klopte hij op de deur van het kantoor van Dave Robins. Geen antwoord. Hij duwde de deur ver genoeg open om naar binnen te kunnen kijken.

Het kantoor was fel verlicht en ijskoud. De monitors en het televisietoestel stonden aan. De Amerikaan zat achter zijn bureau, iets scheef weggezakt, alsof hij sliep. Uit zijn rechterzij stak het zwarte heft van een dolk, en zijn stoel zat onder het bloed. Ze hadden hem als een varken laten doodbloeden.

Snel trok Malko de deur dicht en vertrok. Dave Robins had ruimschoots moeten boeten voor zijn daden. Snel liep Malko door de speelzaal naar de uitgang. Voor de entree van het casino bleef hij staan. Prakash, zijn chauffeur, kwam altijd meteen wanneer hij Malko zag, maar toen er niets gebeurde, liep Malko verder naar het grote parkeerterrein, dat voor driekwart leeg was. Verbaasd zag hij dat de Toyota er niet was. Nieuwsgierig vroeg hij aan de chauffeur van een Mercedes of hij een witte Toyota had gezien.

'Weg,' zei de Nepalees met een veelzeggend gebaar.

Vreemd. Zoiets had Prakash nog nooit gedaan. En in deze verlaten wijk waren ook geen taxi's. Woedend liep hij terug naar het casino om er een te bellen. De bediende aan wie hij het vroeg, zei dat dat heel moeilijk was en dat hij beter kon wachten tot er een klant door een taxi werd afgezet.

Niemand leek nog iets van de moord op Dave Robins te hebben gemerkt. Malko zag een telefooncabine en besloot Prativa te bellen. Zij zou hem met een taxi kunnen ophalen. Gelukkig nam ze op en meteen zei ze: 'Ik heb geprobeerd je in het Yak and Yeti te bereiken.'

'Daar ben ik niet,' zei Malko. 'Ik ben in het Soaltee. Er is...'

Prativa onderbrak hem met een geschokte klank in haar stem: 'Er is iets vreselijks gebeurd. Devi Dixit en haar twee dochters zijn vermoord.'

'Vermoord? Hoe weet je dat?'

'Het was op de radio. Haar dienstmeisje heeft hen met doorgesneden kelen gevonden. De politie denkt dat een inbreker het heeft gedaan.'

Malko voelde zijn keel samenknijpen. 'Nee,' zei hij. 'Ze hebben vast Kumar Dixit gevonden, en nu ze zijn vrouw niet meer nodig hebben, hebben ze haar uit de weg geruimd. Vreselijk.'
Hij zag het opgeruimde gezicht van Andrew Teck nog voor zich. Hij was verantwoordelijk voor deze reeks moorden. De Britten waren in de loop van de geschiedenis nooit teruggedeinsd voor enig bloedvergieten. Een kille woede nam bezit van Malko. Hij zwoer niet uit Nepal te zullen vertrekken voordat hij de man van MI6 had ontmaskerd.
'Prativa,' zei hij, 'kun je me komen halen? Mijn chauffeur heeft me in het Soaltee in de steek gelaten.'
Hij vertelde haar hoe Prakash met de Toyota was verdwenen, wat de jonge vrouw zeer leek te verbazen. 'Dat doen ze nooit,' zei ze. 'Ik ben hem ooit een keer vergeten, en toen heeft hij de hele nacht staan wachten.'
'Hoe wil je het dan verklaren?'
'Ik weet het niet, maar het is vreemd,' antwoordde ze. 'Misschien wilde iemand ervoor zorgen dat je in het Soaltee zou blijven. Ik zal je met een taxi komen halen. Wacht buiten op me, want als Nepalese mag ik niet het casino in.'
'Goed,' zei Malko. 'Ik wacht op je.'
Zodra hij had opgehangen, keek hij om naar een op heftige toon gevoerde discussie. Het geluid kwam van de trap die naar de speelzaal liep. Er kwam een groep mensen naar boven, bestaande uit een Nepalees van ongeveer dertig jaar oud met een snor en een pafferig gezicht en gekleed in een wit jasje met korte mouwen. Hij werd omgeven door enkele bedienden van het casino, die duide-

lijk probeerden hem van iets te overtuigen. Een van hen ging voor hem staan en versperde hem de doorgang. Zonder te aarzelen haalde de man een pistool onder zijn jasje vandaan, dat hij op de arme man richtte. Die sprong opzij, maar toch loste de pafferige man een schot in de lucht.
Meteen begreep Malko drie dingen: om te beginnen moest dit prins Bahadur zijn, de man die Dave Robins had bezworen dat hij Malko zou doden. Ten tweede moest het vertrek van zijn chauffeur met voorbedachten rade zijn gebeurd en hadden ze hem in de val laten lopen.
Ten slotte begreep Malko dat hij het volgende doelwit zou zijn. Degenen die koning Gyanendra aan de macht hadden geholpen, waren vastbesloten het werk af te maken.

Prins Bahadur liep wankelend tussen de tafels door, zijn bloeddoorlopen ogen strak op Malko gericht, die met zijn blonde haar duidelijk opviel tussen alle donkere hoofden van de klanten van het casino.
Malko was bij de telefoon blijven staan. De Nepalees deed nog een stap zijn kant op, zijn 9-millimeter Glock in de hand.
Rustig knoopte Malko zijn zwarte alpacajasje los, zodat de ander de kolf van zijn Webley zou zien, die hij achter zijn riem had gestoken. Hij keek de prins recht aan. Dit was het moment van de waarheid, en hij had de keus uit twee zeer slechte oplossingen: of hij schoot als eerste en zou voor enkele jaren achter de tralies verdwijnen – of erger nog. Of hij schoot niet, en prins Bahadur zou hem ter plekke doodschieten. In gedachten begon Malko te tellen. Bij vijf zou hij als eerste het vuur openen.

18

Het bloed bonkte in Malko's slapen. Iedereen in het casino leek als verlamd toe te kijken. De spelers zetten niet meer in en de croupiers deelden geen kaarten. Zelfs de pitgirls bleven roerloos staan met hun dienbladen met drankjes. De veiligheidsagenten, die zich bij de trap hadden verzameld, probeerden uit alle macht niet de kant van prins Bahadur op te kijken. Die stond vóór Malko en zei iets in het Nepalees. Toen trok hij zijn bovenlip in een bizarre grijns op. Hij was duidelijk niet bij zinnen, wat te zien was aan zijn vergrote pupillen.
Heel langzaam hief hij zijn rechterarm op, waarin hij het pistool nog vast hield. Malko legde zijn vingers op de kolf van de Webley en hield zijn adem in. Alles zou zich binnen een fractie van een seconde afspelen.
Plotseling hoorde hij voetstappen en geroezemoes op de trap. Vijf mannen in een groen uniform, met slappe hoeden met een rode band en gewapend met MP5-machinepistolen kwamen de zaal binnen. Het waren Gurkha's uit het paleis.
Zonder te aarzelen liepen ze naar prins Bahadur, die hen nu ook leek te zien. Zijn gezicht vertrok van woede en hij richtte zijn wapen. Maar nu hun kant op. De officier die de Gurkha's aanvoerde, leek niet onder de indruk te zijn. Hij bleef een meter voor de prins staan en met een beleef-

de maar vastberaden stem sprak hij tegen hem, terwijl hij zijn hand uitstak, wachtend tot Bahadur hem zijn pistool zou geven. De vier soldaten die onbewogen om hem heen waren komen staan, richtten hun wapens op de prins, die nog kwader werd. Woedend beet hij de officier iets toe, en toen die niet reageerde, schoot hij zijn wapen leeg in het plafond, terwijl de Gurkha's onaangedaan toekeken.

De kulas van de Glock klikte en bleef openstaan. Het wapen was leeg, en Bahadur liet zijn arm zakken. De officier deed een stap naar voren en wilde hem bij zijn arm beetpakken, maar Bahadur ging zo fel tekeer dat de tepi van de Gurkha op de grond viel. Terwijl hij zich bukte om hem op te rapen, gaf hij een bevel, waarop de vier andere Gurkha's zich op de prins stortten en hem binnen een oogwenk met touwen vastbonden. Alleen zijn benen bleven vrij. Twee Gurkha's pakten hem bij zijn armen en trokken hem naar de uitgang. Hij kookte van woede.

De spanning zakte in één klap, en Malko had zijn kasteel overgehad voor een ijskoud glas wodka. Het duurde enkele tellen voordat hij besefte dat hij op het nippertje was gered. Hij knoopte zijn jasje dicht. Het leven kwam weer op gang en de fiches rammelden. Een man met een snor kwam beleefd naar Malko toe en zei zacht: 'Meneer, u kunt nu beter gaan. Zijne hoogheid kan terugkomen.'

Malko had helemaal geen zin om nog langer in het casino te blijven, vooral niet met het lijk van Dave Robins in zijn kantoor. Hij liep naar de trappen en botste daar bijna tegen Prativa op. De jonge vrouw had een gespannen gezicht en zei: 'Ik ben met een taxi. Laten we gauw weggaan.'

'Het gevaar is voorbij,' zei Malko geruststellend.

Samen liepen ze naar beneden en stapten in de taxi. Onderweg vertelde Malko wat er was gebeurd. De laatste stukjes van de puzzel waren bijna op hun plaats gevallen. De bemoeienis van Bahadur, hoogstwaarschijnlijk daartoe aangezet door Baba Tuladnar, bewees dat de familie van de nieuwe koning samenwerkte met de afgevaardigde van MI6. Prins Bahadur kon alleen van zijn vader of van Andrew Teck opdracht hebben gekregen Malko te doden. Maar hij had geen tastbaar bewijs. De jonge Aman zou intussen wel zijn gevlucht, of misschien was hij ook gedood. Dave Robins was dood, en niemand zou het wagen prins Bahadur te ondervragen. Alles draaide nog steeds om Kumar Dixit, het beslissende deeltje van de puzzel.
De taxi stopte voor het huis van Prativa. Bij het uitstappen was hij zo onvoorzichtig met zijn hoofd tegen de rand van het portier te stoten, precies op de plaats van de wond, en hij gilde het uit van de pijn. Zijn hoofd bonkte nog toen Prativa hem op het lage bed in haar slaapkamer neerlegde, na zijn jasje te hebben uitgetrokken en de Webley op een tafeltje te hebben gelegd. 'Ontspan je,' zei ze.
Ze stak wierook aan en verdween. Voorzichtig voelde Malko aan zijn hoofd, en hij zag dat de wond was gaan bloeden. Hij sloot zijn ogen en probeerde tot rust te komen. Even later deed een zacht geluid hem opkijken. Prativa stond over het bed gebogen en ze had haar spijkerbroek verwisseld voor een prachtige rood met oranje sari. Ze had zich opgemaakt en haar enorme knot verzorgd. Voor haar was de liefde een complete ceremonie met onwrikbare riten.
'Je hebt bijna je karma verspeeld,' zei ze zacht. 'Dat is iets wat je moet vergeten.'

Ze begon hem uit te kleden, wat ook een rite leek te zijn die ze tot in de puntjes beheerste. Toen hij naakt was, kwam ze naast hem zitten. Ze trok haar benen onder zich op en begon hem heel licht met haar handen te strelen. Beginnend bij zijn borst en dan omlaag naar de bovenkant van zijn dijen, zonder zijn geslachtsdelen aan te raken. Toch voelde Malko zijn penis groeien, en langzaam hief hij zich op. Hij wilde Prativa beetpakken, maar ze ontsnapte aan zijn greep en ging door met haar eigen programma.

Eindelijk liet ze traag haar hoofd zakken, en ze nam zijn stijve penis tussen haar volle lippen en begon hem met langzame bewegingen te bevredigen. Het was ongelooflijk sensueel, wat Malko de rillingen over zijn rug deed gaan. Zoals altijd wist Prativa precies wat ze wilde.

Malko voelde zich alsof zijn penis was veranderd in een pikhouweel waarmee hij de jonge vrouw wilde openrijten. Zij liet haar lippen nog een laatstc keer langs zijn penis omhoogglijden en liet hem toen los. Met het geluid van ritselende zijde trok ze haar sari op en ze draaide zich om, haar billen omhoog, haar armen voor zich uitgestrekt, haar opengespreide, vuurrode schaamdelen Malko aanbiedend. Zoals ze hem had geleerd, drong hij uiterst langzaam in haar en bleef toen stilzitten, zo diep mogelijk begraven.

'Beweeg je niet meer,' zei Prativa met een zachte stem.

Met zijn handen om de heupen van de jonge vrouw gehoorzaamde hij, en hij bleef doodstil, ondanks een heftig verlangen haar met harde stoten te nemen. Eerst gebeurde er niets, behalve het gevoel van zijn keiharde penis, die werd omspannen door haar gloeiende, vochtige schede. Plotseling voelde hij haar spieren langzaam om hem heen

spannen, als vingers die hem beetpakten. De druk verdween en kwam weer terug. Prativa's geslachtsdeel 'haalde adem' en masseerde de penis die in haar was gedrongen.
Malko begon ervan te hijgen. De bewegingen van haar spieren gingen steeds sneller en hij kneep hard in Prativa's dijen, en instinctief begon hij hard in haar te stoten, haar nog dieper nemend. Dat werd hem te veel. Als door de bliksem getroffen kon hij zich plotseling niet langer inhouden, en met een harde kreet spoot hij zijn zaad diep in Prativa's buik.

Geërgerd hield Andrew Teck de telefoonhoorn bij zijn oor vandaan. Wanneer prins Bahadur had gedronken, schreeuwde hij als een dolleman. De jaren die hij op Eton had doorgebracht, hadden geen gentleman van hem gemaakt.
'Ik ben blij dat u ongedeerd bent,' zei de man van MI6. 'Ik kom morgen bij u op bezoek, hoogheid. Rust u intussen maar uit.'
Een gesprek had nu geen zin. Van zijn informanten had Andrew Teck al gehoord dat een deel van zijn plan was mislukt door de stommiteit van die dronkelap Bahadur. In plaats van de man die hij had aangewezen in koelen bloede te vermoorden, was hij een soort duel met hem aangegaan. Natuurlijk waren de Gurkha's door het casino gewaarschuwd. Zij waren de enigen die tegen de prins mochten optreden, en ze hadden het leven van de agent van de CIA gered.

Larry Doolittle voelde zich wanhopig. 'U moet stoppen

met dit onderzoek,' zei de Amerikaan, al zijn moed bij elkaar rapend. 'U bent al drie keer aan de dood ontsnapt. Het wordt te gevaarlijk voor u.'
Malko kookte inwendig. Zijn goudkleurige ogen waren groen gestreept van woede. 'Ik ben oud en wijs genoeg om zelf de risico's die ik neem af te wegen,' antwoordde hij droog. 'Dit was niet de eerste keer, en het zal ook niet de laatste keer zijn. Bovendien herinner ik u eraan dat er een complot is gesmeed waarbij delen van het Nepalese leger en de vertegenwoordiger van MI6 betrokken zijn. Een complot waardoor al veertien doden zijn gevallen.'
'Ja, ja,' gaf Larry Doolittle toe, 'maar er zijn twee problemen: om te beginnen is míjn opdracht hier "Tibetan Uprising". Als de Nepalezen daar lucht van krijgen, kunnen ze het me heel lastig maken. Verder zal uw verslag dat ik naar Langley heb gestuurd, waarin u de huidige koning ervan beschuldigt zijn broer en een deel van zijn familie te hebben vermoord, daartoe aangezet door de man van MI6, in de prullenbak verdwijnen. U hebt geen enkel hard bewijs om uw beweringen te staven. Alle getuigen zijn dood. U jaagt op geesten, zoals de beroemde adjudant van prins Dipendra, die u misschien nooit zult vinden.'

Guluth werd steeds kleiner onder de dreigende blikken van Baba Tuladnar, die achter haar bureau zat. De dikke vrouw had haar bij zich laten komen zodra ze het casino was binnengekomen en had haar meteen uitgehoord over haar ontmoeting met de blonde buitenlander met de gouden ogen.
'Ben je met hem naar bed geweest?' vroeg ze.
'Ja,' zei Guluth fluisterend.

'Heeft hij je geld gegeven?'
'Ja, 20.000 roepie.'
'Waar zijn ze?'
'Hier.'
'Geef me mijn deel.'
Guluth gaf haar de biljetten, en de dikke vrouw telde ze zorgvuldig uit. Haar vrees was onterecht geweest. De kleine had precies gedaan waarvoor ze was opgeleid. Dat bood een mooie kans om alsnog datgene te doen wat de vorige keer was mislukt. Met een zachtere stem vroeg ze:
'Zie je hem nog een keer?'
'Ik weet het niet. Hij zei dat hij misschien vandaag zou terugkomen.'
'Goed. Als hij terugkomt, zeg je tegen hem dat je toestemming hebt om naar buiten te gaan en dat je wilt gaan bidden in de tempel van Shiva, tegenover de Manjal Bazar. Is dat duidelijk?'
'Ja, Baba,' fluisterde Guluth, die niet begreep wat de dikke vrouw van plan was.
'Voor de tempel van Shiva,' vervolgde Baba Tuladnar, 'zul je zien dat er een klein circus staat. Zeg tegen die buitenlander dat je de voorstelling wilt zien. Meng je onder de toeschouwers.'
'Is dat alles?'
'Dat is alles. Als hij vandaag niet komt, doe je het zodra hij komt. Ik heb de bewaking gewaarschuwd dat je uit het casino mag vertrekken wanneer je dat wilt. Als alles goed gaat, zul je ruimschoots worden beloond. Ga nu aan het werk.'

Terug in het Yak and Yeti lag er een bericht op Malko te

wachten. Thana Giri vroeg of hij hem wilde bellen. Dat deed hij, maar de conciërge van het Vajra zei dat hij vanavond pas zou terugkomen. In plaats van in zijn kamer te blijven, besloot Malko naar het Everest te gaan om Guluth op te zoeken. Als ze er tenminste nog was... Na wat er met Dave Robins was gebeurd, kon hij alles verwachten.
Zijn chauffeur stond voor het Yak and Yeti te wachten. Hij had Malko uitgelegd dat hij de vorige dag bij het Soaltee-casino was vertrokken nadat een van de bedienden hem was komen zeggen dat Malko hem niet meer nodig had. Dat bewees dat het inderdaad een hinderlaag was geweest. Malko droeg de Webley nu altijd achter zijn riem bij zich.
Hij liet de chauffeur achter in de Toyota en ging het casino binnen. Het orkest speelde op het podium. Het restaurant was vrijwel leeg, en rondom de tafels hingen slechts enkele spelers rond, maar Baba Tuladnar was nergens te zien. Guluth zag hij echter wel en ze kwam met een blije glimlach naar hem toe. 'Goedemiddag.'
Ze droeg dezelfde sexy bruine jurk, en haar ogen fonkelden. Malko nam haar mee naar het restaurant en bestelde thee. 'Wordt er vandaag niet gedanst?' vroeg hij.
'Nee,' antwoordde ze. 'Alleen 's avonds.'
Malko durfde haar niet te vragen waar Aman was, want hij wilde geen aandacht trekken. 'Is je dikke cheffin er ook niet?'
'O, zij komt nog wel,' zei Guluth.
Malko wilde niet dat ze samen werden gezien. Hij keek op zijn horloge: drie uur. 'Kun je niet al eerder weg, vóór vanavond?' vroeg hij.
Het gezicht van Guluth klaarde op. 'Ja, vandaag zijn er

niet veel klanten.'
'Goed, laten we dan gaan.'
'Ik kom naar uw auto toe,' stelde Guluth voor. 'Ik moet even mijn tas halen.'
Malko liep naar de uitgang en Guluth verdween achter in de zaal. Via een huistelefoon belde ze Baba Tuladnar om te vertellen dat haar 'cliënt' terug was gekomen.
'Doe wat ik heb gezegd,' droeg de dikke vrouw haar op.
Zodra ze in de Toyota zaten, dreunde Guluth haar lesje op: 'Als u wilt, kunnen we naar Patan gaan. Daar wil ik in de tempel van Shiva gaan bidden. Kent u Patan?'
'Nee,' zei Malko, en hij voelde er ook niet veel voor om er kennis mee te maken.
'Het is er heel mooi,' verzekerde Guluth hem vol overtuiging. 'Daar staan alle tempels. Er zijn ook veel souvenirwinkels.' Ze keek hem recht aan. 'Daarna zouden we naar uw hotel kunnen gaan.'
'Vooruit dan maar, op naar Patan,' zei Malko.

Massa's toeristen verdrongen zich op het terras van de kleine Shiva-tempel, waarvandaan je een prachtig uitzicht had op de andere tempels op Durbar Square. Op het plein en in de smalle straatjes van de Manjal Bazar was het een drukte van je welste met straathandelaren, gidsen en bedelaars.
Guluth had lange tijd met haar handen voor haar gezicht gevouwen voor de kleine, vierkante Shiva-tempel gestaan. Toen draaide ze zich om en ze riep opgetogen uit: 'Kijk!'
Aan de andere kant van de tempel stond een groep nieuwsgierigen naar een straatcircus te kijken met apen, jongleurs en een vrouw in een leren pak, die messen naar

een helper gooide die aan een paal was vastgebonden. Ze zag eruit als een soort *wonderwoman*. Trillend bleven de messen in het hout rondom het gezicht van de man staan. Een opvallend detail was dat de messenwerpster een zwarte doek voor haar ogen gebonden had. Ze was net klaar met haar optreden, trok de doek weg en maakte een buiging naar het publiek.
De man met de apen nam haar plaats al in en hij trok twee magere dieren met zich mee. Malko hield niet van apen, maar Guluth reageerde blij. De messenwerpster liep rond tussen de toeschouwers, op zoek naar een 'slachtoffer' om de plaats van haar helper in te nemen. Ze richtte haar blik op een dikke Duitser, die zich geschrokken afwendde. Een jongleur stapte met zijn kleurige ballen het podium op. Guluth stond vooraan en genoot als een klein kind.
Toen werd er op een tamboerijn geroffeld, en een assistente knoopte de blinddoek weer voor de ogen van de messenwerpster. Die had zes dolken achter haar riem gestoken. Vervolgens liet de assistente haar enkele keren ronddraaien. Het werd stil. De messenwerpster stond met haar rug naar haar helper – die weer aan de paal vast was gebonden – en met haar gezicht naar Malko toe. Hij vroeg zich af of ze de messen nu over haar schouder zou gaan werpen.
Plotseling drongen Guluths nagels in zijn arm en ze slaakte een kreetje. Op hetzelfde moment trok de geblinddoekte messenwerpster een mes achter haar riem vandaan en ze gooide het uit alle macht Malko's kant op.

19

Alles gebeurde binnen een fractie van een seconde. Net toen de geblinddoekte messenwerpster haar dolk gooide, trok Guluth Malko weg. Wankelend viel hij opzij, en hij hoorde een kreet achter zich. De dolk met een paarlemoeren heft was vijftien centimeter diep in de keel van een Nepalese toeschouwer gedrongen, die vlak achter Malko had gestaan!

Eerst besefte niemand wat er was gebeurd. Malko vond zijn evenwicht terug en rukte de Webley achter zijn riem vandaan. De messenwerpster was blijven staan, de blinddoek nog voor haar ogen. De toeschouwer die in plaats van Malko was getroffen, viel op de grond en het bloed gutste uit de wond. Guluth bleef als aan de grond genageld staan en haar gezicht was vertrokken van angst. Malko richtte zijn wapen op de messenwerpster, die nog vijf dolken achter haar riem had, maar ze maakte geen aanstalten opnieuw een dolk te werpen. Ze rukte de doek van haar ogen en draaide zich om, waarna ze in de menigte verdween.

De twee apen krijsten, sprongen van de armen van hun meester en vluchtten de tempel van Shiva in. De meeste mensen verspreidden zich al. Op zijn beurt bekeek Malko de nieuwsgierigen, op zoek naar de weggelopen messenwerpster. Toen zag hij haar de steegjes van Manjal Bazar

in rennen. Malko probeerde haar te achtervolgen, maar het was zó druk dat ze algauw uit het zicht was verdwenen. Teleurgesteld liep hij terug naar Guluth. Ze was in tranen en stamelend klampte ze zich aan Malko vast. 'Alstublieft, alstublieft, bel de politie niet.'
Malko voelde er niets voor de politie te waarschuwen. Hij borg de Webley op en knoopte zijn jasje dicht. In plaats van naar de Shiva-tempel te gaan, liep hij Manjal Bazar in, een labyrint van steegjes met allerlei winkeltjes. Ze kwamen uit in een iets bredere straat, waar ze demonstranten tegenkwamen die achter een rood spandoek liepen. Het waren 'legale' communisten. Rustig werden ze door sullige politieagenten begeleid. Gevolgd door Guluth ging Malko terug naar de Toyota, die op Durbar Square stond geparkeerd. In de auto keek hij Guluth aan: 'Je hebt mijn leven gered,' zei hij. 'Maar je wist dat die vrouw zou proberen me te vermoorden, hè?'
De serveerster schudde heftig haar hoofd. 'Ik moest u alleen naar dat circus brengen, maar ik wist niet waarom. Toen ik die vrouw met de dolken zag, begreep ik het.'
Het was goed geprobeerd. De messenwerpster zou altijd kunnen beweren dat het een ongeluk was geweest. Het paleis had een lange arm. 'Wie heeft gezegd dat je me hierheen moest brengen?'
'Baba.'
Eindelijk had hij een getuige!
'Guluth, je kunt twee dingen doen. Of ik breng je naar de politie en je vertelt hun alles, of je schrijft je verhaal op, waarin je vertelt dat Baba Tuladnar je heeft opgedragen mij mee te lokken naar Patan.'
'Als ik dat doe, vermoordt ze me,' mompelde ze.

‘Niemand zal je doodmaken,’ beloofde Malko. ‘Je gaat niet meer terug naar het Everest. Ik breng je naar de ambassade van de Verenigde Staten, waar ik je bescherming zal bieden. Vind je dat goed?’
‘Ja,’ zei ze met tegenzin.

Geconcentreerd, als een kind, zat Guluth nu al tien minuten te schrijven. In het Nepalees. Over haar schouder las een van de tolken van de Amerikaanse ambassade mee wat ze schreef. Larry Doolittle zat op zijn oude bank van zwart leer een pijp te roken. Toen Guluth klaar was, schreef ze zuchtend de datum en zette ze haar handtekening. De tolk tekende ernaast als getuige.
‘Maak onmiddellijk een vertaling,’ zei het districtshoofd van de CIA. ‘En laat die vrouw bij u blijven.’ Zodra ze alleen waren, zei hij tegen Malko: ‘Wat wilt u met die bekentenis doen?’
‘Het is een beschuldiging jegens Baba Tuladnar,’ antwoordde Malko. ‘Ik ga naar haar toe en stel haar een ruil voor. Onschendbaarheid tegen háár bekentenis. Ik wil tot aan de top doordringen.’
‘Dat zou wel eens de koning kunnen zijn,’ merkte de Amerikaan fijntjes op.
‘Dat is waar,’ gaf Malko toe, ‘maar ik denk niet dat hij hierachter zit. Ik ben ervan overtuigd dat het onze neven zijn, al weet ik nog niet waarom.’
‘Waarschijnlijk om hun invloed in Nepal te beschermen,’ zei Larry Doolittle. ‘Als de maoïsten aan de macht komen, is het voor de Britten afgelopen.’
Een halfuur later kwam de tolk met de Engelse vertaling van Guluths bekentenis binnen. Malko pakte een exem-

plaar en borg dat zorgvuldig op in zijn zak. Dit was de eerste nagel aan de doodskist van Andrew Teck.

Teleurgesteld kwam Malko het Everest-casino uit. Baba Tuladnar was er niet en ze zou ook niet komen. De verdwijning van Guluth had haar waarschijnlijk gealarmeerd. De jonge serveerster was ondergebracht in een appartement binnen het ambassadecomplex, zodat ze veilig was. Malko ging terug naar het Yak and Yeti, en zodra hij binnenkwam, trof hij er een bericht aan van Larry Doolittle, die hij snel terugbelde.
'Ik heb gehoord dat degene die u zoekt de baan van Dave Robins heeft overgenomen,' zei het districtshoofd. 'Hebt u haar al gesproken?'
'Nog niet,' gaf Malko toe. 'Maar dat zal nu niet lang meer duren.'
Meteen vertrok hij, en hij zei tegen zijn chauffeur: 'Naar het Soaltee. En nu blijft u daar wachten, wát ze ook zeggen!'
De entree van het Soaltee lag er verlaten bij. Malko ging het casino in, liep naar de eerste verdieping en ging regelrecht naar het kantoor van Dave Robins. De secretaris was nog dezelfde. Hij stond verbaasd op toen hij Malko zag. Die zei met een stem die geen tegenspraak duldde: 'Ik wil Baba Tuladnar spreken.'
'Maar...' begon de ander.
Malko had de deur al opengeduwd. Baba Tuladnar zat achter het grote bureau. Ze keek Malko eerst verbaasd toen kwaad en vervolgens woedend aan. Hij ging pal voor haar staan. 'Goedendag,' zei hij. 'Ik heb iets wat u moet lezen.'

Hij legde de bekentenis van Guluth voor haar neer en ging zitten. Baba Tuladnar bekeek het document dat Malko had neergelegd. Hij zag haar gezicht betrekken naarmate ze verder las. Toen legde ze het papier neer en zei ze onzeker: 'Wie bent u? Hier begrijp ik niets van. Wie heeft u gezegd dat u hier binnen mag komen?'
Malko keek haar met een kille blik aan. 'Ik ben een agent van de Amerikaanse regering,' zei hij. 'De vrouw die deze bekentenis heeft ondertekend, Guluth, staat onder bescherming van de ambassade van de Verenigde Staten. Buiten uw bereik en zelfs onbereikbaar voor de koning. Ik weet dat u ook degene was die Aman naar het Yak and Yeti heeft gestuurd om me te vermoorden. Ik wil weten wie u de opdracht daartoe heeft gegeven.'
Baba Tuladnar keek hem lange tijd aan, en langzaam kwam de kleur terug op haar gezicht. Haar gezicht werd harder. Ze pakte een telefoon en zei: 'Ik bel mijn vriend, het hoofd van politie.'
Malko begreep dat ze niet blufte, en hij wilde niet gearresteerd worden. Hij stond op en wees naar Guluths bekentenis. 'Bel wie u wilt,' zei hij. 'Morgen kom ik terug. Ik weet waar ik u kan vinden. Anders maak ik deze bekentenis openbaar.'
Hij vertrok, ervan overtuigd dat hij het balletje aan het rollen had gebracht.

'Met meneer Thana,' zei een stem door het kraken van een oude telefoon heen. 'Ik wacht in hotel Vajra op u. Ik geloof dat ik iets interessants heb gevonden.'
Malko's hartslag schoot omhoog. Het enige dat Thana Giri zou hebben kunnen vinden, was Kumar Dixit. Dat

was onverwacht nieuws. 'Ik kom eraan,' zei hij.

De rit naar het hotel leek eindeloos lang te duren, en ze moesten telkens via smalle steegjes allerlei opstoppingen omzeilen. De zon ging al onder en werd weerkaatst door de gouden koepel van de grote stoepa die het hotel domineerde. Hij werd naar een kleine, halfdonkere salon gebracht, waar enkele maoïsten dalbhat zaten te eten, Nepalese linzensoep. Thana Giri zag er uitgeput en bezorgd uit.

'Ik heb misschien de man gevonden die u zoekt,' zei hij. 'In het dorp van ons, Tatopani, zo'n 35 kilometer ten noordoosten van Kathmandu, is twee dagen geleden een *sadhoe* aangekomen, een monnik die leeft van de giften en gastvrijheid van de gelovigen. Hij heeft de burgemeester toestemming gevraagd enkele dagen te mogen blijven.'

'Waarom denkt u dat het misschien Kumar Dixit is?'

Thana Giri zette zijn lege soepkom neer. 'In die streek zijn de mensen straatarm,' legde hij uit. 'Er zijn daar zelfs geen stoepa's, laat staan tempels. De mensen hebben zelf maar net genoeg te eten, en dus wagen de sadhoes zich er niet, want zij moeten het van liefdadigheid hebben. Niemand zal hun er kwaad doen, maar ze kunnen er niet overleven.'

'Kunnen we in contact komen met dat dorp?'

'Nee. Er is geen elektriciteit, geen telefoon en geen stromend water.'

'Hoe kan ik er dan komen?'

'Er loopt een slechte maar verharde weg naar Lamosagu, dertig kilometer van Kathmandu. Verder is er een pad dat in het droge seizoen begaanbaar is voor een vierwiel aangedreven terreinwagen. Om van Lamosagu naar Tatopani te komen, moet u drie uur uittrekken.'

'Wanneer kunnen we gaan?'
'Ik kan zelf niet, maar ik kan iemand met u meesturen.'
'Ik zorg voor een terreinwagen,' zei Malko. 'Ik wil morgenochtend vertrekken. U moet met me meekomen. Dat is uiterst belangrijk. Als we vroeg vertrekken, zijn we 's avonds terug.'
'Dat is een groot probleem voor mij,' zei de Nepalees. 'Ik moet morgen geld ophalen.'
'We zullen u schadeloosstellen,' hield Malko vol. 'Het is voor mij van het grootste belang dat ik die man vind, als het inderdaad degene is die ik zoek.'
'Goed dan,' zei Thana Giri met tegenzin. 'Ik ga met u mee. Komt u me hier morgen om zeven uur ophalen. Ik logeer op kamer 24, op de tweede verdieping.'

Zoals elke dag om dezelfde tijd klopte een onderofficier van de militaire inlichtingendienst op de deur van het kantoor van generaal Prajwal Shumsher Rana om hem het verslag te brengen dat elke dag werd opgesteld door de agenten die de medewerker van de CIA schaduwden. Een dozijn agenten hield zich uitsluitend daarmee bezig.
Generaal Rana bestudeerde het document. Doordat hij de agent zo nauw in de gaten liet houden en vanwege de talloze berichten die hij uit andere bronnen binnenkreeg, was het hem tot nu toe gelukt deze delicate kwestie in de hand te houden, hoewel zijn tegenstanders voorzichtig waren en nauwelijks gebruikmaakten van de telefoon. Maar in het verslag dat nu op zijn bureau lag, viel zijn blik op een telefoongesprek. Hij besloot er meer informatie over op te vragen.

Malko had die nacht vrijwel geen oog dichtgedaan. Om zes uur had hij ontbeten. Het Yak and Yeti was nog verlaten. Daarna had hij voor het hotel staan wachten tot de Land Cruiser, die Larry Doolittle hem had geleend, hem om precies halfzes kwam ophalen. Het was nog koel, maar de Nepalezen waren al op. Twintig minuten later kwam hij bij hotel Vajra aan.
Hij had verwacht Thana Giri in de kleine hal aan te treffen en was verbaasd toen de receptionist zei dat hij hem nog niet had gezien. De Nepalees had zich zeker verslapen...
'Ik ga hem halen,' zei Malko.
Snel liep hij naar de tweede verdieping. Kamer 24 lag aan het einde van een donkere gang. Hij klopte aan. Geen reactie. Hij luisterde, klopte nog eens aan en draaide ten slotte aan de deurkruk. De deur zat niet op slot en ging open. Het was donker in de kamer, maar meteen raakte hij bevangen door een maar al te bekende, weeë geur. Op de tast vond hij het lichtknopje.
Thana Giri lag midden in de kamer, naakt, op een soort lendendoek na. Eerst zag Malko alleen zijn gezicht. Twee lange bamboesplinters staken uit zijn ogen. Zijn keel was van het ene oor tot het andere doorgesneden. Zijn borst was bedekt met ronde vlekken: brandwonden van sigaretten. Hij was wreed gemarteld voordat ze zijn keel hadden doorgesneden, en het was wel duidelijk waarom. Malko beende de kamer uit en stormde naar de receptie: 'Meneer Thana is dood!' riep hij tegen de receptionist. 'Hij is vermoord.'
De man verstrakte geschrokken. 'Mijn dienst is om zes uur begonnen, maar ik heb niets gehoord,' zei hij. 'Ik zal de politie waarschuwen.'

Malko stond al buiten. Hij sprong in de Land Cruiser en zei tegen de chauffeur: 'Vlug, naar meneer Doolittle. Naar zijn huis.'
Om deze tijd was het districtshoofd van de CIA nog niet op de ambassade.
Het was nu een dodelijke race tegen de klok. Wie zou er als eerste in het dorp Tatopani aankomen? Malko maakte zich geen illusies: Thana Giri had beslist gepraat. Alleen enkele heel gemotiveerde helden hielden het tijdens zulke martelingen vol.
Het hek van de residentie van Larry Doolittle ging open voor de terreinwagen. Zodra de auto stilstond, haastte Malko zich het huis in. Larry Doolittle zat te ontbijten in zijn wintertuin, en hij keek Malko verrast aan. 'Bent u niet vertrokken?'
'Thana Giri is vannacht vermoord,' zei Malko. 'We mogen geen minuut verliezen. Misschien is het al te laat. Over de weg duurt het te lang. Ik heb een helikopter nodig. Kunt u er een voor me vinden?'
Larry Doolittle legde zijn mes neer. Hij was lijkbleek en dacht na. 'Ja, ik denk het wel,' zei hij. 'Ik ken iemand die tochtjes naar de Himalaya organiseert. Hij heeft een Alouette. Ik hoop dat hij vliegklaar is.'
Ongeduldig wachtte Malko af terwijl de Amerikaan in zijn kantoor verdween. Kumar Dixit terug te vinden maar hem op het laatste moment te verliezen was te gek voor woorden...
Een kwartier later kwam Larry Doolittle terug. 'Gelukt!' zei hij. 'John Foster staat klaar op het vliegveld. Officieel neemt hij u mee voor een tochtje naar het noorden om de Everest te bewonderen. U mag mijn chauffeur als tolk bij

u houden.'
'Gaat u niet mee?'
'Nee, het kantoor en de ambassadeur willen niet dat ik actief aan deze zaak meewerk. Succes.'

De kleine helikopter vloog laag over de groene heuvels, heen en weer geschud door de windvlagen, waardoor het leek of ze in een dolgedraaide lift zaten. De chauffeur van Larry Doolittle zat groen weggetrokken achter hen. John Foster, de piloot, was volkomen kalm en volgde een noordoostelijke route. Ze waren nu ongeveer twintig minuten onderweg. De Alouette leek met elastiekjes bij elkaar te worden gehouden. Elke keer wanneer hij moest klimmen om over een heuvel te vliegen, gierde de turbine en trilde het toestel zó erg dat het leek of het elk moment uit elkaar kon vallen. In het noorden waren in de nevel de eerste toppen van Tibet te zien.
Het toestel begon te dalen. John Foster keek op van de kaart en wees naar een paar kleine huizen, die verspreid over een gebied van enkele vierkante kilometers in een vallei stonden. 'Dat is Tatopani. Een echt centrum is er niet. Waar wilt u heen?'
Ze vlogen op ongeveer duizend voet. Nu miste hij Thana Giri het ergst. Malko wilde vragen iets lager te vliegen toen hij bij een huis op een richel een auto zag staan. 'Laten we eens gaan kijken wat dat voor een auto is,' zei hij.
De Alouette daalde nog verder en Malko voelde het bloed in zijn aderen stollen. Onder hen stond een militaire terreinwagen, met soldaten in gevechtstenue. Het waren Gurkha's, te herkennen aan hun slappe hoeden. Twee van hen

kwamen het huis uit – ze waren het dorp aan het doorzoeken!
'Dit is voor het eerst dat ik het leger hier zie,' zei John Foster. 'Sinds de nieuwe koning er is, verandert er veel.'
Hij wist niet hoezeer hij gelijk had. De kleine Alouette hing stil in de lucht en schudde als een pruimenboom. Malko keek verder de vallei in, naar de verspreid liggende huizen. Waar moest hij beginnen? De terreinwagen met de Gurkha's reed hobbelend verder over een van de paden die de huizen met elkaar verbonden. Plotseling zag Malko in de verte iets roods boven op een enorm groot gebouw. Het duurde even voordat hij begreep dat het een maoïstische vlag was! Dat was vast het stadhuis, of een commandopost. Daar zouden ze hem kunnen helpen. 'Ziet u die vlag daar?' vroeg hij aan John Foster. 'Probeert u daar zo dicht mogelijk bij te landen.'

De Gurkha-sergeant trok een doodsbange, tandeloze vrouw, die gekleed was in een vale sari, aan haar oorring naar buiten. Hij zei tegen zijn mannen: 'Ze zegt dat er verderop, bij de school, een man is. Dat moet hem zijn. Ze wijst ons de weg.'
Hij duwde de vrouw ruw in de auto, waarna ze verder reden over het pad dat omlaag naar de rivier liep. Als ze de vluchteling zouden vinden, had hun commandant hun een premie van 100.000 roepie beloofd, en 200.000 wanneer hij dood zou zijn.
Die keus was gemakkelijk gemaakt.

20

De Alouette landde in een grote stofwolk op een redelijk vlak terrein naast enkele kleine gebouwen van gebakken leem, met golfplaten daken en aarden vloeren. Boven een school wapperde aan een lange bamboemast de maoïstische vlag. Malko sprong naar buiten en rende onder de rotor door, de chauffeur van Larry Doolittle achter zich meetrekkend. Een vrouw in een donkere sari, met samengebonden haar en een gerimpeld gezicht kwam uit een van de gebouwen naar buiten. Ze was duidelijk heel verbaasd. Toen ze bij Malko was, hief ze haar gebalde rechtervuist op en zei ze: '*Lal salal!*'

De maoïstische groet. Ze leek niet bang te zijn, alleen verrast. Ze zag waarschijnlijk voor het eerst in haar leven een helikopter van dichtbij. Meteen stak ze een lang verhaal in het Nepalees af, dat zo goed mogelijk door de chauffeur werd vertaald.

'Ze heet ons welkom in het bevrijde dorp Tatopani. Ze is tot burgemeester benoemd. Wie zijn wij en wat komen we doen?'

'Zeg haar dat we een vreemde in het dorp zoeken,' zei Malko. 'Een sadhoe.'

De chauffeur vertaalde het, en Malko wachtte gespannen op het antwoord. Dat was vrij lang.

'Er is enkele dagen geleden inderdaad een heilige man

naar het dorp gekomen,' vertaalde de chauffeur. 'Ze hebben hem een leegstaand huis gegeven, dat gedeeltelijk was verwoest door een aardverschuiving. Daarboven.'
De maoïstische vrouw wees naar de top van een heuvel, driehonderd meter hoger.
'Hoe komen we daar?' vroeg Malko.
'Daarlangs.'
De vrouw wees naar een geitenpad, waarmee zelfs een geit moeite zou hebben. Plotseling hoorde Malko het geluid van een motor, en aan de andere kant van de vallei zag hij de terreinwagen van de Gurkha's over een smal pad de heuvel oprijden. Hij ging kennelijk dezelfde kant op! Ze mochten geen minuut verliezen. Hij bedankte de vrouw en rende naar de helikopter, waar John Foster met de motor bezig was. 'Vlug,' zei Malko, 'we moeten vertrekken.'
'Onmogelijk,' zei de piloot. 'Er lekt ergens olie. Dat moet ik repareren, anders blaas ik de boel op. Dat kost een minuut of twintig.'
Er was maar één oplossing. Met de moed der wanhoop rende Malko het geitenpad op, gevolgd door de chauffeur. Hij sprong van het ene rotsblok op het andere, slippend en uitglijdend, zich aan takken vasthoudend en soms op handen en voeten kruipend. Binnen tien minuten was hij buiten adem en moest hij rusten.

Met zwoegende longen, vrijwel zonder iets te zien en met overal pijn in zijn lichaam trok Malko zich eindelijk de hoger gelegen vlakte op. Hij keek naar rechts. De militaire terreinwagen was nog geen kilometer bij hen vandaan en hobbelde van de ene kuil in de andere. Links lag een half

ingestort bouwsel. Het was moeilijk te geloven dat daarin iemand woonde.
Hij moest zich bukken om door een soort gat binnen te kunnen komen en struikelde over een geit die met een afkeurend geblaat wegvluchtte. Achterin zag hij een menselijke gedaante, die snel opstond. Toen hij in het licht kwam, zag Malko een geschrokken gezicht en angstige ogen. De borst van de onbekende man was ontbloot en vreselijk vuil. En hij stonk een uur in de wind.
'Kumar Dixit?' vroeg Malko.
De ogen van de man tolden in zijn hoofd. Hij deed een stap achteruit en zei met een zwakke stem: '*Yes.*'
'Spreekt u Engels?'
'Ja.'
'Ik werk voor de Amerikaanse regering,' zei Malko. 'Ik ben gekomen om u te redden. Maar de Gurkha's zijn er ook. Zij zullen proberen u te doden.'
Kumar Dixit bleef als aan de grond genageld staan. Hij was geheel overrompeld, en Malko pakte zijn arm beet. 'Kom, u hoeft niet bang te zijn. Iets lager wacht een helikopter op ons. We mogen geen seconde verliezen.'
Kumar Dixit liet zich mee naar buiten trekken en hij knipperde met zijn ogen tegen het licht. Ze zagen de terreinwagen al naderen. Malko pakte de Nepalees bij zijn hand en duwde hem letterlijk de helling af die hij zojuist had beklommen. Daar kon de terreinwagen hen niet volgen.
Zo snel mogelijk daalden ze af, zonder een woord te zeggen, en ervoor zorgend niet te vallen. Afdalen was bijna even moeilijk als klimmen. Halverwege draaide Malko zich om en hij zag tussen de takken soldaten boven aan de helling verschijnen.

Vrijwel meteen klonken er schoten. Dat zei meer dan duizend woorden. De helikopter wachtte vijfhonderd meter lager. Eindeloos ver, leek het. Ze gingen nog sneller, struikelend over keien en van het ene rotsblok op het andere springend. Er klonken nog meer schoten. Malko riep uit alle macht: 'John, starten!'
Kennelijk was het toestel gerepareerd, want de piloot stapte in de cockpit, en toen Malko eindelijk hijgend het open terrein bereikte waarop de Alouette stond, begon de rotor tergend langzaam te draaien. Toen iedereen aan boord was, was het toestel, trillend en wel, klaar om op te stijgen. Net toen ze zich losmaakten van de grond verschenen de eerste Gurkha's beneden aan de helling. Er klonken droge knallen, die door het kabaal van de turbine werden overstemd. Ze probeerden hen neer te schieten!
Eindelijk vloog de Alouette zijwaarts weg. De romp werd een paar keer getroffen en John keek Malko geschrokken aan. 'Hé, proberen ze ons neer te schieten? Wat is er aan de hand?'
'Dat leg ik later uit,' zei Malko. 'Maak nu dat u wegkomt.'
Plotseling drong er een sterke kerosinelucht binnen in de cockpit. De piloot boog zich over zijn instrumenten. 'We zijn geraakt,' zei hij. 'We verliezen brandstof.'
Ze waren nu buiten bereik van de Gurkha's, maar als ze in het oerwoud zouden neerstorten, hadden ze nóg niets bereikt. John Foster concentreerde zich met opeengeklemde kaken op de instrumenten, en vlak boven de boomtoppen vlogen ze terug.

Het was of Malko eindelijk weer kon ademhalen. Ze wa-

ren de laatste bergrug gepasseerd en aan hun voeten strekte zich Kathmandu uit. Hij wendde zich tot de piloot: 'John, ik wil u nog om een laatste gunst vragen. Wilt u ons op het grasveld van de residentie van Larry Doolittle afzetten?'
'Waarom?'
'De veiligheid van de Verenigde Staten is in het geding. De man die we hebben opgehaald, verkeert in levensgevaar. Wanneer u er last mee krijgt, kunt u zeggen dat u verplicht was om er te landen omdat u geen brandstof meer had.'
'Dat is bijna waar,' gromde de piloot. 'Ik heb nog voor vijf minuten kerosine.'
Gespannen volgde Malko de daling. Ze schampten bijna de daken. Eindelijk zag hij de Amerikaanse vlag voor de residentie van Larry Doolittle staan en een minuut later landde de Alouette op het gazon. In een stinkende wolk van verbrande olie kwam de rotor tot stilstand.
'We hadden het geen vijfhonderd meter meer uitgehouden,' verzuchtte John Foster, die baadde in het zweet.
Kumar Dixit keek verbaasd om zich heen.
'Kom,' zei Malko, 'u bent nu veilig. Dit is diplomatiek gebied.'
Hij bracht de Nepalees naar de salon en belde meteen Larry Doolittle in de ambassade op. 'We zijn bij u thuis,' zei hij. 'Komt u maar hierheen.'

Kumar Dixit had gedoucht en stonk nu niet meer. Hij had schone kleren gekregen en zijn haar in een paardenstaart gebonden. Hij zat op een hoek van de bank naar Malko te luisteren, die verslag deed van zijn onderzoek. Het was duidelijk dat hij aarzelde tussen ongeloof en angst. Larry Doolittle was naar hen toe gekomen en trok aan zijn pijp, terwijl hij gedachteloos met zijn Zippo speelde.

'U bent de enige die ons duidelijk kan maken wat er precies is gebeurd toen prins Dipendra uit de biljartzaal naar buiten kwam, nadat hij negen mensen had afgeslacht,' besloot Malko. 'Ik weet dat hij is gedood, maar ik weet niet door wie. Wilt u het ons vertellen? U staat onder onze bescherming.'

Kumar Dixit nam een slok thee en was natuurlijk diep geschokt. 'Ik kan niet praten,' zei hij. 'Het zijn geheimen van de koninklijke familie.'

'Wat?' protesteerde Malko. 'Ze hebben geprobeerd u te vermoorden, en daar waren ze bijna in geslaagd toen we u vonden. Het is onzin om te blijven zwijgen. Als u naar buiten gaat, bent u dood. Dat weet u toch?'

'Ik mag niet praten,' zei Kumar Dixit koppig. 'Anders zullen ze mij en mijn hele familie doden.'

Malko keek hem aan en zocht zijn blik. Hij liet zijn stem opzettelijk hard klinken toen hij zei: 'Kumar Dixit, uw vrouw en twee dochters zijn vermoord door degenen die achter dit complot zitten. Waarschijnlijk om u zover te krijgen u over te geven. Het heeft in alle kranten gestaan.'

Als door de bliksem getroffen verstrakte de voormalige adjudant. Zijn ogen werden troebel, zijn handen begonnen te trillen en zijn adamsappel ging gejaagd op en neer. Hij streek met zijn handen door zijn haar en de tranen sprongen in zijn ogen. Larry Doolittle en Malko probeerden een andere kant op te kijken. De stilte duurde eindeloos lang, tot Kumar Dixit eindelijk met een rauwe, door emoties verstikte stem zei: 'Wat wilt u weten?'

De voormalige adjudant praatte op monotone toon en rookte de ene sigaret na de andere. Larry Doolittle had zijn Zippo voor zich op tafel gelegd.
'Het begon afgelopen voorjaar,' legde de Nepalees uit. 'Prins Dipendra had steeds vaker contact met die man en hij kwam bij hem in het paleis.'
'Timothy Mason?'
'Ja, de Brit die door generaal Prajwal Rana aan hem was voorgesteld. Eerst praatten ze alleen over wapens en ze maakten samen tochtjes. Prins Dipendra vertelde me er vaak over. Ik begreep dat hij gefascineerd werd door die huurling, die alles was wat hij altijd had willen zijn. En langzaam maar zeker begon hij kritiek te uiten op de koning, zijn vader, en zijn moeder. Hij zei dat ze uit zwakte de monarchie ten onder zouden laten gaan en dat ze harder tegen de maoïsten moesten optreden. Ik begreep dat die ideeën hem van buiten af werden opgedrongen, maar ik durfde niet tegen hem in te gaan, want hij was mijn meerdere.'
'Wanneer besloot hij zijn vader te doden?' vroeg Malko.
Op de lage tafel voor hen draaide een bandrecorder mee en een videocamera legde de bekentenis van de adjudant vast. Maar hij leek er niets van te merken.
'In mei,' zei Kumar Dixit. 'Op een avond, nadat hij een heleboel ganja had gerookt, zei hij dat hij me een geheim zou toevertrouwen, namelijk dat hij binnenkort de volgende koning van Nepal zou worden. Die dag was hij op stap geweest met zijn Britse vriend.'
'Geloofde u wat hij zei?'
'Gedeeltelijk,' gaf de adjudant toe. 'Van ganja ga je dromen. Vooral als het gemengd wordt met cocaïne. Maar...'

'Wanneer was dat precies?'

'Op donderdag 31 mei. Hij zei dat ik de volgende dag bij hem moest blijven, want er zouden belangrijke dingen gebeuren.'

'Wist u dat hij de koning zou vermoorden?'

'Nee. Ik dacht dat hij hem zou dwingen af te treden. Hij vroeg me iedereen te bellen die die avond zou komen, zodat hij zou weten hoeveel mensen er aanwezig zouden zijn. Dat heb ik gedaan.'

Hij nam een slok thee, stak met de Zippo van Larry Doolittle een nieuwe sigaret op en zweeg, alsof hij niet verder durfde te gaan.

'Wat is er op de avond van 1 juni gebeurd?' drong Malko aan.

Kumar Dixit streek met zijn tong langs zijn droge lippen. 'Zijne hoogheid zei dat ik me ter beschikking moest houden en apart van de andere adjudanten moest blijven. Ik ben naar zijn bungalow gegaan. Daar zag ik de wapens liggen, de MP5 en de M16. Verder lagen er patroonmagazijnen en een gevechtspak. Ik begreep dat er iets ernstigs zou gaan gebeuren.'

'En u hebt de koning niet gewaarschuwd?'

'Wat moest ik tegen hem zeggen? Prins Dipendra was gek op wapens. Die had hij altijd bij zich. En de avond was al begonnen. Ik heb beneden in de bungalow televisie zitten kijken en hoorde hem naar zijn kamer gaan, maar ik ben niet gaan kijken. En toen hoorde ik de eerste schoten. Ze klonken gedempt. Ik ben naar buiten gerend en zag daar de prins uit de biljartzaal naar buiten komen met zijn M16 in zijn hand. Hij had een wezenloze blik in zijn ogen. Toen ging hij opnieuw naar binnen en hoorde ik nog meer

schoten.'
'Was u gewapend?'
'Ja.'
'U probeerde niet hem tegen te houden?'
Kumar Dixit keek hem aan alsof hij iets smerigs had gezegd. 'Maar hij was mijn meester! Een lid van de koninklijke familie...'
'Goed. En verder?'
'Ik stond in de tuin en zag een gedaante in de schaduw naast het gebouw. Ik dacht dat het een andere adjudant was, die door het kabaal was gealarmeerd. Toen kwam prins Dipendra weer naar buiten en hij liep in de richting van zijn bungalow. De man die ik zag, kwam in beweging en ging achter hem aan. Toen hij achter hem stond, haalde hij een pistool uit zijn zak en hij schoot een kogel door zijn hoofd, vlak achter zijn oor.'
'Wie was die man?'
'Timothy Mason, zijn vriend de huurling.'
'Maar wanneer heeft prins Dipendra dan zijn moeder en zijn jongere broer vermoord?' protesteerde Malko.
'Die heeft hij niet vermoord,' zei Kumar Dixit met een matte stem. 'Ze waren achter hem aan uit de biljartzaal gekomen en hebben gezien hoe de Engelsman een kogel door zijn hoofd schoot! Die begreep dat hij was betrapt, waarop hij de M16 van de prins pakte, die op de grond was gevallen, en het magazijn op hen leegschoot. Daarna gooide hij het lege wapen op de grond en zag hij mij staan. Hij begreep dat ik getuige van alles was geweest. Ik was verlamd van afgrijzen en herinner me dat hij glimlachend naar me toe kwam. Ik hoorde niet wat hij zei, maar plotseling zag ik dat hij een pistool in zijn hand had.

Alles ging toen heel snel: hij hief zijn wapen op en ik probeerde het mijne te pakken. Zijn kogel trof me in mijn linkerschouder. Het deed veel pijn, maar ik raakte niet bewusteloos. Ik hoorde een andere adjudant, Gajendra, roepen en naar de prins rennen en van alle kanten kwamen er mensen aan. Timothy Masons aandacht werd erdoor afgeleid, waardoor ik de kans kreeg te vluchten. Ik was heel bang, omdat ik getuige was geweest van een staatsgreep, en ik wist dat ze beslist zouden proberen me het zwijgen op te leggen.'

Hij nam een trek van zijn sigaret en sprak niet verder.

Malko dacht na over zijn woorden. Het klopte allemaal, inclusief de twee schoten die prinses Ketaki had gehoord. Het tweede was het schot dat op Kumar Dixit was gelost. Eindelijk wist hij hoe het was gegaan, maar de ware schuldige, Andrew Teck, was nog steeds niet genoemd.

'Kent u ene Andrew Teck?' vroeg hij uit voorzorg. 'Hij werkt op de Britse ambassade.'

'Nee. Waarom?' reageerde Kumar Dixit verbaasd.

'Omdat hij degene is die hiervoor verantwoordelijk is,' antwoordde Malko.

Malko parkeerde zijn auto voor het Soaltee-casino. Hij had weinig geslapen en er de hele nacht over nagedacht hoe hij de ware schuldige van deze sluwe operatie in de hoek zou kunnen drijven. Hij liep rechtstreeks naar het kantoor van Baba Tuladnar. De secretaris probeerde hem zelfs niet tegen te houden. De dikke vrouw zat bankbiljetten te tellen, en Malko gunde haar geen tijd om haar mond open te doen. 'Lees dit,' zei hij, terwijl hij de bekentenis van Kumar Dixit op haar bureau legde.

Verrast deed Baba Tuladnar wat hij zei. In diepe stilte las ze, een halfuur lang, het verslag. Toen ze de papieren neerlegde, wachtte haar de ijzige blik van Malko's gouden ogen.
'Beseft u wat de gevolgen zullen zijn wanneer deze papieren openbaar worden gemaakt?' benadrukte hij. 'Daar kunnen grote problemen van komen. Veel mensen kunnen er last mee krijgen, ook zijne majesteit Gyanendra.'
'Wat wilt u?' vroeg de dikke vrouw lijkbleek.
Ze wilde dat ze de papieren nooit had gelezen.
'Een voorstel doen, dat u moet overbrengen.'

De dubbele deuren, die met een immens oog waren versierd, gingen open om de Rover van Andrew Teck binnen te laten. De Gurkha's salueerden eerbiedig. De Brit was in een uitstekend humeur. De oproep van prins Bahadur had hem niet verbaasd. Hij wilde hem vast vertellen dat de mannen die achter Kumar Dixit aan waren gegaan hem eindelijk in handen hadden gekregen en ter plekke hadden begraven, zoals zijn instructies luidden. Dat zou een einde maken aan al deze vervelende complicaties na een zaak die toch goed was voorbereid.
Hij volgde een adjudant naar een salon waar prins Bahadur zijn gasten ontving. De Nepalees zat met een somber gezicht op een bank van gele zijde te roken. Voor hem op een laag tafeltje lag een stapel papieren. Hij stak Andrew Teck geen hand toe en zei droog: 'Wilt u gaan zitten en die papieren doorlezen?'
Verrast en enigszins ongerust pakte Andrew Teck de papieren op. Zodra hij de eerste regels las, voelde hij het bloed in zijn aderen stollen. 'Hebt u Kumar Dixit levend

teruggehaald?' vroeg hij.
'Lees,' zei prins Bahadur.
De Brit gehoorzaamde en nam snel de tekst door, waarin voor hem natuurlijk niets nieuws stond. Hij legde de papieren neer en vroeg met een matte stem: 'Ik hoop dat hij is geëxecuteerd.'
Bahadur gaf geen antwoord op de vraag, maar hij zei tegen de Brit: 'Uw man, die Timothy Mason, heeft dus mijn neef vermoord, de geliefde prins Dipendra!'
Andrew Teck was stom van verbazing. Het complot had zich geheel afgespeeld volgens een plan dat gezamenlijk door MI6 en de staf van de militaire inlichtingendienst was opgesteld. En natuurlijk met instemming van prins Gyanendra, die de troon van Nepal op een presenteerblaadje kreeg aangeboden. Hij probeerde zijn kalmte te bewaren. 'Uwe hoogheid,' protesteerde hij, 'u bent misschien niet van alles op de hoogte, maar zijne majesteit uw vader kan u geruststellen. Niets is zonder zijn instemming gedaan.'
'U hebt mijn neef vermoord!' herhaalde prins Bahadur. 'Mijn geliefde neef.'
Langzaam had hij een 9-millimeter Glock onder zijn jasje vandaan gehaald en hij keek Andrew Teck met zijn bloeddoorlopen ogen aan. Die voelde zijn hartslag omhoog schieten. Plotseling begreep hij dat Bahadur hem in de val had laten lopen. Hij stond op en probeerde het te begrijpen. Als laatste dacht hij aan de Oostenrijkse agent van de CIA, toen prins Bahadur de trekker overhaalde.
Rustig schoot de Nepalese prins het magazijn van zijn Glock leeg, tot de kulas open bleef staan. Andrew Teck was allang dood. Prins Bahadur legde zijn rokende vuur-

wapen naast de bekentenis van Kumar Dixit en zei bij zichzelf dat hij Baba Tuladnar zou moeten bevorderen. Ze had getoond een waardig lid van de familie te zijn, en het zou hem geen moeite kosten zijn daad te rechtvaardigen. En de naam van de koning werd nergens in het document genoemd.

De Britten waren als enigen verantwoordelijk voor dit afgrijselijke complot. Hij stond op en haalde een fles Defender uit zijn bar, waarna hij een flink glas inschonk, een joint met ganja opstak en zich weer op de bank liet zakken, na op de bel te hebben gedrukt om het lichaam van Andrew Teck te laten verwijderen, dat in de weg lag.

De Airbus A-320 van Thai International steeg vlot op van Kathmandu en richtte de neus naar het zuiden. Malko keek door het raampje naar de groene heuvels van het laatste koninkrijk in de Himalaya. Met één been in de Middeleeuwen en een ander been in de eenentwintigste eeuw zou het moeite kosten om te overleven.

De plaats die naast hem voor Kumar Dixit was gereserveerd, was leeg gebleven. Op het laatste moment had de voormalige adjudant van prins Dipendra het aanbod van de CIA om naar de Verenigde Staten te komen afgewezen. Tegenover Malko had hij toegegeven: 'Ik verlang niet langer naar een normaal leven. Ik blijf een sadhoe, om na te denken over het waarom van de dingen en te proberen door geestkracht in contact te komen met degenen die ik liefhad.'

Ondanks de paniek die door de aanslagen was ontstaan, had Langley tijd gevonden om Malko te feliciteren. Dankzij hem had de Amerikaanse diplomatieke dienst nu een middel in handen om koning Gyanendra en de chef-staf van het Nepalese leger onder druk te zetten. Dat kon altijd van pas komen.

Anna Dickens had hij niet meer gezien, maar hij had zijn laatste avond met Prativa doorgebracht, die haar land evenmin wilde verlaten.

De stewardess van de eerste klasse kwam naar Malko toe.

'Wat wilt u drinken, meneer?'

'Champagne, graag,' zei Malko. 'Taittinger Comtes de Champagne Blanc de blancs 1995, als u die hebt.'

Die hadden ze. Hij liet de belletjes over zijn tong glijden, in z'n eentje genietend van een duur betaalde overwinning.

Hij zou nooit te weten komen wie de opdracht had gegeven voor de wrede moord op de echtgenote en de twee dochtertjes van Kumar Dixit. Andrew Teck of de Nepalezen? Hij koos zelf voor de eerste, maar dat was nu onbelangrijk. Toch was het de dood van deze drie slachtoffers geweest die hem ertoe had gedreven tot het bittere einde door te gaan.

Malko sloeg de *Kathmandu Post* open. De luchtaanvallen op Afghanistan waren begonnen. Het leven ging door en hij vroeg zich af of hij Osama Bin Laden nog eens zou terugzien, wiens pad hij vijf jaar geleden in Afghanistan had gekruist.

Lees ook van A.W. Bruna Uitgevers B.V.

Gérard de Villiers

Operatie Li Sha-Tin

De jonge Chinese Betty Yan Tun springt plotseling uit de Honda CVR. In haar hand houdt ze een Armalite-geweer. Malko wordt gehinderd door het gewicht van Li Sha-Tin en kan niet snel genoeg reageren.
De jonge Chinese legt haar geweer aan en richt het op Malko. De afstand is minder dan drie meter. Malko's nachtmerrie lijkt werkelijkheid te worden...
De knal vermengt zich met de vreselijke pijn die hij voelt. De kogel heeft hem iets boven zijn hart geraakt. Hij verliest het bewustzijn. Alles wordt zwart...

ISBN 90 449 2978 X